0 영 ZERO 零

김사과 소설

작가
정신

......
당신은 이곳에서
어떤 미신적 기념물의 흔적조차
감지하지 못할 것이다.

도덕과 언어는
극히 단순한 형태로 축소되었다,
마침내!

아르튀르 랭보, 「도시 *Ville*」, 『일뤼미나시옹 *Illuminations*』

차례

1부
09

2부
97

텅 빈 세계, 맹독성의 구원자
김사과 × 황예인 대화

189

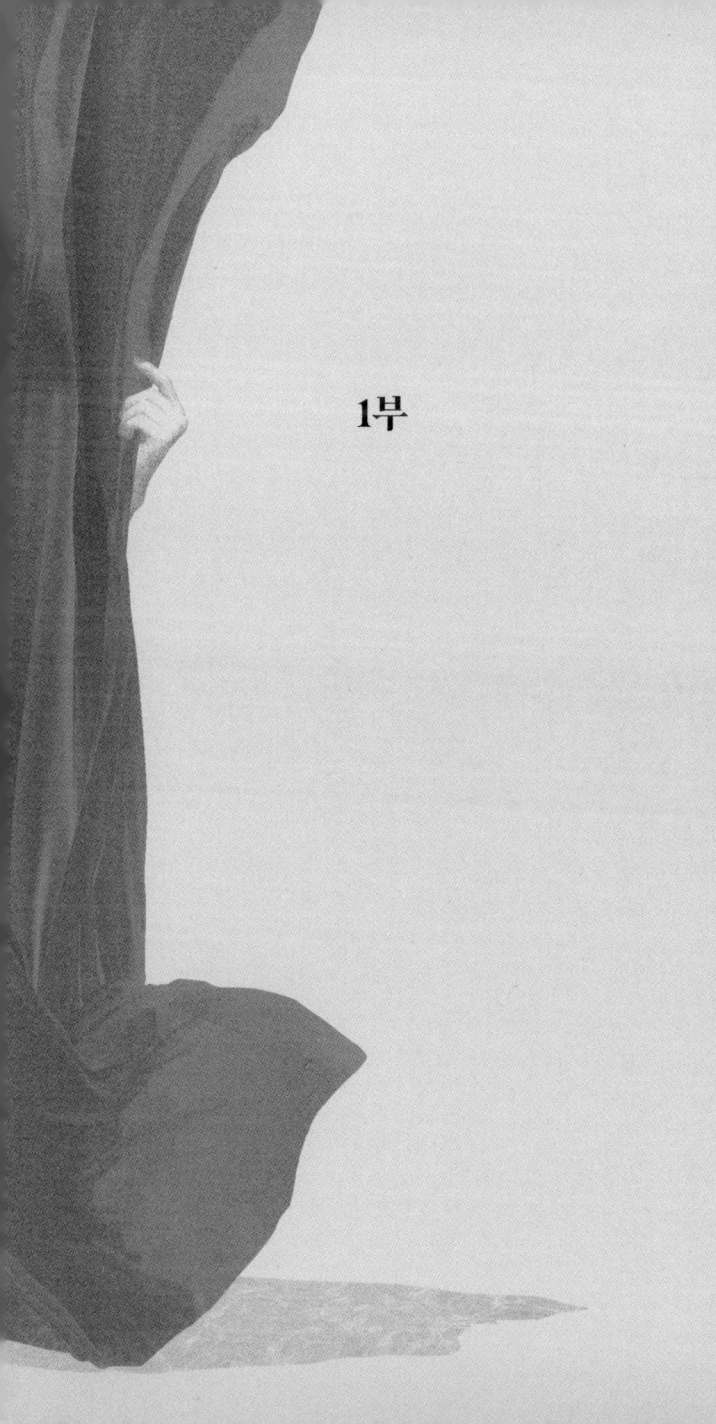

1부

1

 어제 성연우가 헤어지자고 했다. 이제 그만 나와의 인연을 끝내고 싶다며. 나는 그의 얼굴을 살폈고 그의 상처 입은 눈빛은 응시 이상의 뭔가를 원하는 듯했다. 해서, 굳이, 성가시게도, 왜냐고 물었다. 그러자 그는 작심한 듯 말을 쏟아냈다. 나는 잠자코 들었다. 오전 11시 15분 전, 아직은 직장인들이 슈박스에 갇혀 있을 시간, 도심의 스타벅스는 한산하고 조용했다. 그가 성급하게 늘어놓는 말들이 조용한 커피숍의 대기에 감전을 불러일으키듯 퍼져나갔다. 드문드문 자리를 채운 사람들이 핸드폰과 노트북에 고개를 묻은 채 성연우가 늘어놓는 말에 귀를 쫑긋 세웠다. 학창 시절의 듣기평가 시간을 떠오르게 하는 정겨운 광경이었다.

For you I was the flame,

Love is a losing game ……[1]

그에 따르면 그가 나를 만나는 4년 남짓, 길다면 길고 짧다면 짧은 그 기간 동안 말로 표현할 수 없는 엄청난 고통에 시달렸다고 한다. 그의 묘사에 따르면 나는 무책임하고 이기적이며 사악한, 상상 불가능할 정도로 자기 자신만을 생각하며 타인의 고통에 무감, 아니 타인의 고통을 일부러 창조하고 적극적으로 즐기며 세상이 오로지 자기 자신을 중심으로 돌아간다고 생각하는 인간이었다. 열정적인 관객들 가운데 호기심을 참지 못한

---

[1] Amy Winehouse, 〈Love is a losing game〉, 《Back To Black》, 2006.

몇몇이 고개를 들어 우리 쪽을 바라보기도 하였다. 하지만 그들의 호기심은 해결되는 대신 증폭되었을 것이다. 왜냐하면 현실의 그와 나는 성연우의 내레이션 필터를 통해 상상된 그와 나와는 너무나도 다른 시각적 이미지로 펼쳐져 있었기 때문이다.

성연우는 나에 대한 비난을 이어갔다. 내가 그간 그에게 행했다고 주장하는 온갖 정신적인, 무형의 공격들, 오만하며 고압적이기 짝이 없는 세상을 향한 시선, 그의 주변 사람들에 대한 지속적인 무례를 포함한 온갖 무례, 더럽고 무가치한 협잡, 도대체 무엇을 위해서 펼치는지 모르겠는 역겨운 장난질들, 무엇보다도 나와의 만남을 통해서 인간에 대한 엄청난 회의에 빠져들었다고, 경악과 충격, 배신감과 모멸감 등등에 대해서 횡설수설 주절대는 그는 돌아버린 말년의 니체를 떠올리게 하는 데가 있었다. 중간중간 그는 노골적으로 격앙된 표정을 지었고, 그것을 가라앉히기 위해서 조용히 숨을 내쉬었고, 하지만 나와 다시 눈이 마주치는 순간 진절머리가 난다는 듯이 목소리가 뾰족하게 변했고, 눈을 동그랗게 뜨며 어깨를 앞뒤로 흔들었는데, 결과적으로 약간은 소름 끼치는 우스움이 느껴질 법한 어떤 진부한 캐릭터가 되어 있었다.

마침 커피숍으로 들어선 것은 진회색 롱코트를 입은 훤칠한 남자였다. 나이는 삼십 대 후반에서 사십 대 중반, 동서남북 위아래 앞뒤 사방으로 멀끔해 보이지만 깊이 피폐하고 황폐한 타입의 남자, 그런 남자들은 말라 죽어가는 꽃나무처럼 달콤한 향기를 풍기고 다닌다. 이미 완전히 고갈되어버린 가운데, 약간의 햇빛을, 바람을, 수분을 구걸하는 상태에 있는, 그러나 아직은 쭉쭉 뻗은 근사한 가지들을 뽐낼 기운은 남아 있는 비련의 꽃나무!

나는 약 1초가량 그 남자의 얼굴을 응시했고, 즉시 그가 시선의 출처인 나를 향해 고개를 돌렸다. 나는 자연스럽게 시선을 성연우에게로 돌렸다. 그는 계속해서 나를 비난하고 있었다. 롱코트 남자는 주문을 마친 뒤 나와 성연우에게서 멀리 떨어진 자리, 하지만 우리를 여유롭게 관망하기에 가장 적합한 위치에 자리를 잡았다.

롱코트 남자가 주문한 커피를 받아 들고 다시 자신의 자리로 돌아갔을 때, 길게 이어진 모놀로그에 스스로도 지쳤는지 성연우가 나를 향해 물었다. 왜 아무 말이 없느냐고, 자신의 말에 대해 어떻게 생각하느냐고.

롱코트 남자는 몸을 살짝 숙인 채 핸드폰을 들여다보기 시작했다. 그것은 물론 우리를 관찰하는 티를 내지 않기 위한 위장이다. 다시 말해, 그는 자신이 나와 성연우를 멀리서 안전하게 관망하고 있다고 생각하는 것이다. 즉, 자신이 우리들에 비해 상대적인 우위를 점하고 있다고 생각하는 것이다. 하지만 왜? 굳이 아침부터 스타벅스에 와서 생판 모르는 여자와 남자의 찌질한 이별 상황을 훔쳐보는 것일까?

그야 물론 내가 그렇게 만들었기 때문이지.

답변을 요구하는 성연우의 눈은 애원의 눈빛으로 물들어 있었다. 그러나 이내 포기한 듯 다시 나에 대한 자잘한 비난을 늘어놓기 시작했다.

롱코트 남자는 핸드폰에서 눈을 떼 무료한 듯

창밖을 바라보기 시작했다.

나는 마침내, 성연우의 길게 이어지는 비난을 끊고, 나직이 말했다. 오빠가 그동안 그렇게 힘든 줄 전혀 몰랐다고, 나에 대해 그렇게 진지하고 치열한 생각을 하고 있는지는 전혀…….

순간 우리 대화의 관객들 전체가, 꿈에서 깨어나, 저항하지 못하고 이끌리듯 내 쪽을 바라보았다. 그 순간 나는 완벽했다. 완벽하게 적절했다. 흠잡을 데가 하나도 없었다고 말하는 편이 나을지도 모르겠다. 말 그대로. 나는 완벽하고 적절하며 흠잡을 데가 없었다. 단정한, 적절하게 관리된 머리카락과 피부, 적절한 자세, 튀지도 또 바래지도 않는 스타일, 무엇보다도 일그러지지도 깨지지도 않는 내 눈빛과 표정, 목소리. 그에 비하면 내 앞에 앉은 성연우의 미묘하게 망가져버린 행색은 누구라도 뒷걸음질치게 만들 법했다. 그의 복잡한 표정과 동요하는 눈빛, 어딘가 모르게 어색한 느낌의 헤어스타일, 코트에는 먼지가 잔뜩 묻어 있었고, 바지와 운동화의 색깔이 미묘하게 맞지가 않았다. 하나하나 따져봤을 때 큰 문제가 있다고는 할 수 없지만, 만약 길에서 우연히 마주친다면 본능적으로 피하게 만드는 이상한 느낌이 그에게 있었다. 멀쩡한 듯 보이지만 어딘지 모르게 깊이 비뚤어져 있으며, 크게 위험하고 수상한 분위기, 뒤죽박죽의 느낌이 그에게서 배어 나오고 있었다.

흥미로운 것은 그가 온몸으로 풍겨내는 바로 그 느낌, 그것이 정확히 그가 나를 비난하는 이유였다는 것이다. 그는 내가 멀쩡한 사람처럼 보이지만 알면 알수록 무섭고 위험하며 수상하고 알 수 없다고 주장하고 있었다. 그러나 미안하게도 그가 설명하는 인간상은 누가 봐도 나보다 그에게 훨씬 더 적절해 보였다.

거울을 좀 보시죠, 성연우 씨?

나는 슬쩍 롱코트에게 눈길을 주었다. 양손을 주머니에 꽂은 채 창밖을 응시하고 있는 그는 약간 혼란스러워 보였다. 왜일까, 무슨 중요한 약속을 잊은 것일까? 떠나야 할 시간을 놓친 것일까? 하지만 내가 자신에게 시선을 준 것을 느낀 순간, 그의 혼란은 거짓말처럼 누그러들었다. 신기한 일이다. 혹은 그저 나 혼자만의 망상일까? 나는 다시 성연우를 바라보았다. 그는 내 눈길을 받는 순간 롱코트 남자와 반대로 크게 동요했다.

나는 스스로도 믿기지도 않을 정도로 맑고 또 차분한 목소리로 그에게 사과하기 시작했다. 내가 무엇을 잘못했는지 모르겠지만, 미안하다고, 아마도 연애라는 관계에 대해서 내가 많이 서툴렀던 것 같다고, 하지만 그것은 내 본심은 아니었다고, 오빠를 향한 내 마음은 진심, 그것만은, 꼭 믿어달라고 그것이 오빠에게 잘 와닿지 않았던 부분에 대해서 나에게도 책임이 있다 느끼지만 아니, 나로서는 솔직히 억울한 마음이 들기도 하지만 천천히 생각해보고 곱씹어보고 그리고 힘들더라도 받아들이겠다고.

다시 한번 미안하다고.

헤어질 수밖에 없다면, 방법이 그것뿐이라면, 헤어져주겠노라고.

나는 커피를 한 모금 마시고 다시 그를 살폈다. 그의 목이 뻣뻣하게 굳는 것을 느낄 수 있었다. 뻣뻣하게 굳은 목만큼 우아한 자세에 치명적인 것도 없다. 그의 자세는 한층 더 괴팍해졌고, 그 순간 누군가 우리를 목격했다면 그가 나를 공격하기 일보 직전이라고 판단했을 것이다.

어느새 롱코트 남자가 우리를 바라보고 있었다. 나는 티가 나게 그를 향해 시선을 던진 뒤 재빨리 몸을 움츠리고 고개를 푹 숙였다. 성연우가 몸을 돌려 뒤쪽을 살폈다. 그는 롱코트와 눈이 마주쳤고, 롱코트는 티가 나게 시선을 돌렸다. 다시 몸을 돌린 성연우가 나를 죽일 듯 노려보았다. 나는 몹시 놀랍고 두려움에 사로잡힌 표정을 지었다. 눈에 활활 타오르는 분노를 담은 채, 그는 웃으려는 듯이 입 끝을 필사적으로 끌어올렸다. 그렇다. 그는 나를 비웃고 싶은 것이다. 하지만 그러기에, 그의 마음속의 화가, 혼란이, 절망과 상처가 너무 컸다. 그는 끝내 미소를 짓는 데 실패했다. 대신 뭔가를 말하려고 하다가, 시도했으나, 한 번 더 실패했고, 마침내 자리에서 일어났다.

-가는 거야?

나는 바보처럼 물었다. 성연우는 대답하지 않고 문을 향해 걸었다. 그가 문을 여는 순간 나는 한 번 더 물었다.

—정말 가는 거야, 오빠?

나의 크지도 작지도 않은 담담한 목소리가 조용한 커피숍 안을 울렸다. 괴상하게 구부러진 자세로 커피숍을 빠져나가는 성연우를 점원들이 바라보았다. 그가 사라진 뒤, 사람들의 반응은 자연스럽게 나에게 쏠렸다. 나는 꼿꼿이 앉아, 양손으로 커피잔을 쥔 채, 그가 사라진 문을 바라보았다.

잔을 들어 커피를 마셨다. 여전히, 사람들의 관심이 나에게 있었다.

나는 잔을 내려놓고 천천히 목도리를 목에 두르고 코트를 챙겨 입었다. 장갑을 한 손에 쥔 채, 어깨에 가방을 걸치고, 커피잔이 든 트레이를 정리대에 올려놓은 다음 가게를 빠져나왔다.

나는 완벽했다.

여전히, 사람들의 관심은 나에게 있었다. 나는 그 롱코트 남자를 힐끗 보지도 않았다.

나는 완벽했다.

2

 작년 봄 나는 C대학의 교양 강의 하나를 급작스럽게 맡아서 하게 되었다. 원래 강의를 맡았던 이민희가 암에 걸리는 바람에 떠맡게 된 것이다. 이민희와 나는 같은 학교, 같은 학번, 같은 학과에 비슷한 일을 하고 있다는 여러 공통점에 비해 별로 친하지가 않았다. 친하지가 않다기보다는, 정확히 말하자면, 그녀는 나를 피했다. 싫어하는 편에 가까웠을 것이다. 이민희는 대외적인 이미지—소탈하며 독립적임—와 달리 사실 질투심이 많고 기생충 수준으로 의존적인 인간이었는데 내가 처음부터 그녀의 그런 면을 꿰뚫고 있기 때문일 것이다. 내가 어떻게 그녀의 은밀하게 감춰진 추악한 모습을 꿰뚫어 볼 수가 있느냐고? 그야 물론 내가 바로 그런 인간이기 때문이다. 하지만 그녀는 그런 구질구질한 측면의 모든 지점에서 나보다 한 수가 낮았다. 그런데 놀랍게도 그녀는 나의 절대적 우위를 인정하려 하지 않는 듯했고, 하여 나는 소박한 작업을 펼칠 수밖에 없게 되었다. 같은 하늘 아래 두 개의 태양이 있을 수는 없지 않은가? 물론 그렇다고 그녀를 없애버릴 수는 없기 때문에, 대신 많은 노력을 기울여서 그녀가 자신의 숨겨진 본능을 펼치지 못하도록 만들었다. 전략은 단순했다. 선수를 쳐서 그녀에게 인간적으로 완전히 반한 척, 엄청난 숭배자인 척하기 시작했던 것이다. 서글서글 소탈한 성품에 어른스럽고 독립적인 퍼스널리티의 소유자 이민희! 나는 마치 고장 난 PR머신처럼 그녀를 홍보하고 다녔다. 처음에 그녀는 약간 어리둥절해했지만, 내 능숙한 홍보전략에 휘둘린 사람들이 자신을 진정 멋진 현대의 여성으로 바라보는 것에 금세 으쓱해졌다. 계속해서 더, 더, 더, 그녀는 기분이 좋아졌다. 더, 더, 더, 더, 더, 더. 하지만 문제는 나는 유능한 홍보 부장이 아닌, 사악한 의도를 가진 홍보 기계였다는 것이다. 기분이 그렇게 둥둥 뜨다 보면, 끝없이 하늘로 둥, 둥, 둥 떠가다 보면 발생하는 필연적인 결과는 뭘까? 그야 물론 빵! 하고 터지는 것! 그게 바로 조울증 환자의 공식적인 절차 아닌가? 멀쩡한 인간을 조울증 환자로 만들 수 있을까? 나는 약간 궁금해졌다. 실험하는 기분으로 나는 그녀를 더 멀리, 좀 더 높은 곳으로 날렸다. 추락이 완벽할 수 있도록.

물론 그녀는 그렇게 쉽게 당하지는 않았다. 아무리 사교육을 처발랐다고 해도 명문대에 아무나 올 수 있는 것은 아닌 것이다. 그녀에게도 일말의 지능은 있었다는 말이다. 그 결과 이민희는 나에게 작은 의혹을 품었고, 약간의 거리를 두기 시작했다. 의혹은 걷잡을 수 없이 부풀어 올랐고, 우리의 거리는 점점 멀어졌다. 결과적으로 그녀는 내가 닿지 않는 곳으로 향하려 했다. 그렇게 멀리, 멀리, 떠나 내 친구들을 떠나고, 내 학교를 떠나고 그리하여 마침내 지구를 떠나버리면 좋으련만! 그녀는 그러는 대신, 지능적인 명문대생답게 조금 더 머리를 썼다. 그녀는 극도로 몸을 사리기 시작했다. 그녀는 조용하고, 조신한, 현명하며 우아한 고전적 여성의 이미지를 구사하기 시작했다. 그것은 합당한 전략이었다. 다시 말해, 그녀는 남자가 필요했다.

이민희 같은 타입의 인간을 나는 정말이지 꿰뚫고 있다. 한마디로 남자 없이는 살 수가 없다. 그런데 문제는 내가 초반에 그녀의 독립적인 성품을 지나치게 띄워놔서, 그녀가 완벽하게 독립적인 타입의 여성인 것을 넘어서 초강성 울트라 페미니스트 타입으로 동료 선후배 남성들에게 각인되는 바람에 그녀의 애정전선에 크나큰 문제가 생긴 것이다.

　한편, 그녀의 그런 과격한 이미지에 대해서 진짜 추종자들이, 나 같은 양아치 말고 진짜 충성스러운 추종자들이 생겨나서 그녀를 둘러싼 채 도무지 빠져나갈 구멍을 만들어주지 않았다. 그 추종자들 같은 타입 또한 나는 꿰뚫고 있다. 간단히 말해서 이성애자 사회의 불운한 패배자들이라고 할 수가 있다. 여러 가지 사정에 의해서 그들은 연애와 결혼, 출산에서 비껴나 있다. 30년 전 같으면 그녀들도 평범하게 연애를 하고 결혼, 출산을 했을 것이다. 그것에 대해서 우리의 21세기는 사회적 억압이라고 부른다. 하여 요즘의 그녀들은 그런 억압에서 너무나도 자유롭다. 지나치게 자유로워서 뭘 어떻게 해야 할지도 모른다. 그렇게 무한한 자유가 주는 혼란에 빠진 그녀들은 자연스럽게 위대한 지도자 동지를 찾아 헤매게 된다. 내 마음의 지도자, 내 영혼의 등대가 되어줄, 카리스마 넘치는, 경험으로 충만한 멋진 언니를!

나는 혼란에 빠진 소녀에게 다가간다. 그리고 속삭인다. 저기 그 멋진 언니가 있다. 슬쩍 손가락으로 이민희를 가리킨다.

내가 가짜 메시지를 띄웠고, 이상한 피리 소리를 들은 소녀들이 모여들었다. 소녀들은 멋진 언니를 졸졸 따라다니며 아무것도 못하게 한다. 오가엾은 이민희, 아무것도 할 수가 없다. 남자를 만날 수도, 잠을 잘 수도 없다. 왜냐하면, 내가 그렇게 만들었기 때문에.

세상의 꼭대기, 나만의 안락하고 위대한 탑, 이민희가 절대로 닿을 수 없는 먼발치에 서서 조용히 내려다보며, 나는 나의 다정하고 또 완벽한 남자친구1에게 말하곤 했다.

–정말이지 민희가 존경스러워. 그녀는 우리 세대의 여성들에게 새로운 여성상을 제시하고 있는

것처럼 느껴지거든. 어떤 사람들은, 특히 남자 선배들은 그녀가 무섭다고 하지만 그건 솔직히 말해서 그들의 그릇이 작기 때문이지. 민희는 정말로 커다란 그릇의 남자와 만나게 될 거야. 만약 그녀가 레즈비언이 아니라면.

-레즈비언이 아니라면?

나의 다정하고 또 완벽한 남자친구1이 물었다.

-혹시, 오빠, 동성애에 대한 편견이 있는 건 아니겠지?

그는 강하게 고개를 휘저었다.

-민희는 정말로 대단한 남자를 만나게 될 거야

그는 약간 고개를 떨군 채 생각에 잠겼다.

-왜, 오빠?

-맞아. 민희는 멋진 사람인 것 같아. 내가 그 애한테 편견이 있었던 것 같아. 하지만. 나는 세상에서 네가 제일 사랑스러워.

그가 나를 아련한 눈길로 바라보며 말했다.

-나는 반대로, 너의 부드럽고 여성적인 면이 좋아. 하하. 너무 구식인가? 여성혐오인가?

2학년 첫 번째 기말고사 무렵, 이민희를 둘러싼 기이한 열광과 관심은 괴상한 결론에 도달했다. 그녀가 A대 체육학과에 다니는 B지방 출신의 조폭을 연상시키는 거구의 남학생과 사귀기 시작한 것이다. 채 3개월이 되지 않는 짧은 연애 동안 그녀는 자주, 조용한 오후의 캠퍼스를 남자친구와 또 비슷하게 조폭을 연상시키는 남자친구의 친구들과 거닐었다. 그것은 정말이지 눈에 띄도록 위협적인 광경이었다. 그녀가 그런 선택을 한 것은 무슨 목적이었을까? 완벽한 자폭인가? 의도적이었다면 솔직히 천재적인 전략이었다. 인정한다. 그 이상한 연애를 통해서 그녀는 자신을 둘러싼 광란의 추종자들을 완전히 떼어내는 데 성공했기 때문이다. 혼란에 빠진 추종자들이 떠나감과 동시에 그녀의 기이한 연애도 끝이 났다.

방학이 왔다.

3

 방학동안 나는 유럽에서 지냈다. 대체로 베를린 근교에 있는 피터의 의붓아버지 슐츠 씨의 별장에서 지냈다. 피터는 내가 아버지 회사의 파견 근무 때문에 4년 동안 프랑크푸르트에 살 때 그곳의 초등학교에서 알게 된 한국계 독일인 남자다. 프랑크푸르트에 도착하는 순간, 비행기에서 발을 뗀 순간 황홀경을 체험했을 정도로 그곳은 내 마음에 쏙 들었다. 나한테 딱 맞는 곳이었다. 모든 것이 완벽하게 정돈되어 있는, 지루하도록 지루하고, 얼얼해지도록 차갑고 쾌적한 게르만 족속의 세계가 나는 너무나도 마음에 들었다. 그런 탓인지 중상류층 거주 구역에 있던, 99퍼센트 순수 백인들로 채워진 초등학교에 놀랍도록 빠르게 적응을 했는데, 그때 나와는 반대로 땅을 파고 무덤으로 기어들어 가는 행태를 보였던 것이 바로 피터 슐츠, 한국 이름 김명훈, 불쌍한 우리의 명훈이였다. 명훈이의 가족은 독일 회사에 취직한 아버지를 따라 프랑크푸르트로 이민을 왔다. 명훈이의 아버지는 평소 한국을 몹시, 몹시 싫어했다. 하지만 슬프게도 명훈이는 독일에 잘 적응하지 못했다. 내가 도착한 시점이 명훈이에게 있어 완벽한 바닥의 시점이라고 할 수 있다. 왜냐하면 나, 알리스 청이 그의 구원자로서 나타났기 때문이다. 알리스, 아니 앨리스는 내가 어려서 루이스 캐럴에 미쳐 있을 때 스스로 만든 영어 이름이다. 그 이름을 독일 애들은 근사하게 알리스라고 발음했다. 그리고 내 성인 정은 독일 애들이 절대로 정으로 발음하지 못하고 중, 혹은 청, 혹은 충이라고 발음하기도 했는데, 스님이나 벌레가 되는 것은 절대로 피하고 싶었기에 청으로 통일을 했다. 이후 알렉사 청이라는 중국계 영국인 셀러브리티가 등장하기 전까지⋯⋯. 아아 내 이름 따위 지겨운 이야기는 집어치우고, 다시 불쌍한 나의 어린양 피터 슐츠로 돌아가서, 그때 나는, 이렇게 내 입으로 자랑하기는 좀 지겹지만, 나 알리스 청은 동양에서 온 프린세스 정도로 우리 반에서 인기가 높았다. 물론 짧았던 나의 리즈 시절은 이후 스위스에서 온 크리스티나, 독일인 아빠와 이탈리아인 엄마의 사이에서 태어난 진짜로 꿈속의 공주같이 생긴 여자애가 전학을 와서 끝장나기는 했지만 이후로도 나는 나쁘지 않은 위치에 있었다. (크리스티나는 갈수록 명성이 대단해졌고, 특유의 차가운 성격도 더욱 매혹적으로 변하여 수많은 남학생들이 기꺼이 그녀의 제물이 되고, 지옥으로 떨어졌다. 나중에 기회가 생기면 말하겠지만 이때의 목격, 세상에서 가장 아름다운 재규어같았던 크리스티나의 놀라운 야수성과 그녀 앞에서 반쯤 불탄 낙엽처럼 뒹굴던 세상 근사해 보이는 독일 중산층 남자애들의 몰골에 대한 목격은 정말이지 나에게 새로운 세계를 열어주었다.)

본론으로 돌아와서, 단도직입으로 이야기의 클라이맥스로 돌격하자면, 나 알리스 청이 불쌍한 피터 슐츠, 아니 그때까지는 아직 김명훈이었던, 선생님들도 명훙 킴 정도로밖에 부르지 못했던 정말로 불쌍한 우리의 명훈이의 구원자가 되어줬다는 것이다. 나도 나에게 그런 능력이 있는지 몰랐다. 나는 그저, 정말로 명훈이가 좀 안되어 보여서 손을 뻗은 것뿐이다.

—애들아, 우리 명훈이도 같이 놀면 어떨까?

어느 수요일의 첫 번째 쉬는 시간 나는 그때 나와 3인방이었던 레나와 마티아스에게 그렇게 제안했다. 레나와 마티아스는 나의 갑작스러운 제안에 놀랐다. 하지만 두 깜찍한 중상류층 꼬마는 신뢰하는 친구인 나의 제안을 절대 거절할 수가 없었다. 나는 구석 자리에 혼자 쓸쓸히 앉아 있는 명훈이에게 갔다. 그는 세상 재미없어 보이는 교양 과학 만화책을 들여다보고 있었다. 지구상 가장 슬픈 광경이었다. 나는 울 뻔했다.

—명훈아 뭐 해?

나는 가능한 명랑하게 물었다. 명훈이는 깜짝 놀라 고개를 들었다. 책이 바닥으로 떨어졌다.

—안 바쁘면 같이 놀자.

나는 레나와 마티아스를 가리켰다. 명훈이가 공포에 질린 얼굴로 그쪽을 바라보았다. 레나와 마티아스가 특유의 새하얗게 표백된 순수 혈통 미소를 지으며 우리 쪽을 바라보았다. 명훈이가 더욱 겁에 질린 얼굴로 나를 바라보았다.

-아……니…… 나는 혼자 있을래. 나중에…….

-에이, 그러지 말고!

나는 명훈이의 양팔을 흔들었다. 같이 놀자! 그것을 신호로 알아들은 레나와 마티아스 또한 자리에서 일어나 우리 쪽으로 오기 시작했다. 명훙 같이 놀자! 같이 놀자, 명훙! 명훙! 나는 미소를 지으며 명훈이를 보았다. 그의 얼굴이 종잇장처럼 창백했다. 양손을 사시나무 떨듯 하는 명훈이는 거의 토하기 직전으로 보였다. 아니 이미 오줌을 싸고 있는지도 모르겠군. 아아, 무방비 상태의 인간이란 얼마나 아름다운가!

놀랍게도, 아니 전적으로 나의 덕으로, 명훈이는 성공적으로 우리 3인방, 아니 4인방의 일부가 되었다. 막상 말을 나누어보니 그는 아주 말짱한 애였다. 아니 똑똑하고, 웃기기까지 했다. 매일 구석에 혼자 있어서 자폐아처럼까지 보였는데, 사실은 독일어에 아주 능숙했다. 아니 그냥 거기서 태어난 애나 마찬가지였다. 오히려 한국말이 더 어눌한 수준이었다. 그런데 어쩌다가 그런 음침한 땅굴 속 두더지가 되어 있었는지? 아무튼 명훈이는 나의 덕으로 마침내 땅굴에서 나와 화창한 프랑크푸르트의 햇살을 맛볼 수가 있었다. 그게 전부 다 나의 덕이다. 그것을 명훈이는 물론 기억했다. 계속해서 아주 잘 기억하고 있었으며 나를 진정한 은인으로 생각하여 아주 잘해줬다. 내가 한국으로 돌아가던 날 공항까지 마중 나온 명훈이가 얼마나 슬퍼했는지, 거의 가족의 죽음을 맞이한 수준이었다.

-네가 없이, 엉엉, 나는 엉엉, 알리스 나는, 엉엉…….

명훈이가 어눌한 한국어를 늘어놓으며 나를 끌어안고 목 놓아 울었다.

-아니야, 명훈아. 너는 잘할 수 있어. 너처럼 똑똑하고 재미있는 애는 누구라도 좋아할 거야!

나는 명훈이를 내 몸에서 떼어놓으며 말했다.

-정말?

-응, 응. 너는 잘할 수 있어!

-정말? 정말?

-응, 응. 그렇다니까! 잘 지내, 명훈아! 레나와 마티아스에게 안부 전해줘!

-응응, 흑흑, 잘 가!

 그 뒤로 우리는 간간이 이메일을 통해 소식을 전하며 지냈다. 물론 서로 사는 데 바빴으므로 1년에 한두 번의 연락이 고작이었다. 그러다가 중학교 3학년 겨울방학, 굉장히 추웠던 1월의 어느 날 집으로 전화가 왔다. 명훈이는 나와 마지막 만났던 날보다 더 슬프게 흐느끼고 있었다.
 마침내 입을 뗀 그는 어머니와 아버지가 이혼을 했다고 전했다. 지난여름 아버지가 오랜 독일 생활에 회의를 느껴 한국으로 돌아가려고 했을 때 어머니가 완강하게 부인했는데 알고 보니 오래된 애인이 있었다는 것. 어머니는 아버지와 한국으로 돌아가는 대신 이혼하고 그 남자와 재혼을 하기로 결심했다고. 상대는 아버지의 회사 상사로, 명훈이 가족에게 많은 도움을 준, 어머니와 무려 스물한 살이 차이가 나는 늙은 독일인. 이후 엄청난 폭풍이 명훈이의 가정에 몇 차례 몰려왔다 몰려갔으며, 결국 명훈이 아버지는 홀로 한국으로 돌아가게 되었다. 명훈이는 어머니와 함께 베를린에 있는 의붓아버지 집으로 들어가 살기로 했다고.

그래서 나는 더 이상 김명훈이가 아니야, 피터 슐츠가 됐다고 명훈이는 슬프게 말을 이었다.

이후 나는 명훈이 아니 피터와 예전보다 자주 연락하며 지냈다. 페이스북으로, 핸드폰으로, 마치 정다운 오누이처럼. 마침 내가 외고 독일어과에 진학하게 되었으므로, 피터와의 우정은 나에게 큰 이점이 되어주었다. 우리는 거의 독일어로 대화했다. 다행히 피터는 의붓아버지와 잘 지내는 듯했다. 새로 전학을 간 학교도 마음에 들어 했다. 그는 프랑크푸르트가 정말 싫었다고, 나중에 고백하듯 말했다.

―거기가 아니라면 어디서든 잘 지낼 수 있을 것 같아.

다음 해 여름방학에 나는 베를린 근교에 있는 피터 의붓아버지의 별장에 초대받았다. 슐츠 가족은 나에게 아주 잘해주었다.

그다음 해, 피터가 스카이프를 하던 도중에 커밍아웃을 했다.

그리고 그다음 해는 입시로 정신이 없었고, 대학에 입학하고 첫 여름방학 나는 이제는 완전히 홀가분한 마음으로 런던으로 향했다.

피터는 남자친구와 함께 히스로공항에 나를 픽업하러 나왔다. 나는 피터 남자친구의 현대자동차에 실려서 웨스트엔드에 있는 피터 남자친구의 플랫으로 향했다. 그리고 그 일주일, 런던에서의 첫 번째 일주일은 정말로 정신없이 지나갔다. 나는 페이스북을 채울 사진을 너무, 너무, 많이 갖게 되었고, 정신을 차려보니 우리는 지중해의 깜찍한 작은 섬에 있었다. 다시 지중해를 가로질러 마침내 베를린으로…… 피터와 그의 남자친구가 마약을 엄청 많이 한다는 것만 빼면 별문제는 없었다. 그것 때문에 슐츠 씨와 사이가 안 좋아졌고, 슐츠 부인은 어딘가 모르게 생기가 없어 보였다는 것을 빼면 말이다.

-나는 사랑해. 행복해. 사랑해.

피터가 한국어, 영어, 독일어로 그렇게 말했었다. 베를린의 동쪽 깊숙이, 이름 따위 없는 클럽 앞에서 담배를 연거푸 피워대며. 피터의 남자친구는 어디 갔는지 보이지가 않았다.

—나는 정말로, 사랑해, 사랑해, 알리스, 알, 앨, 사랑해, 행복해, 사랑해. 사랑해, 사랑해, 알, 사랑해, 행복해.

엑스터시를 너무 많이 했거니, 나는 생각했다.

피터가 자살했다는 소식을 들은 것은, 내가 탄 루프트한자 비행기가 인천공항에 착륙한 순간, 재빨리 비행기모드를 해제한 핸드폰으로 쏟아져 들어온 여러 알람 가운데 하나에서였다. 나는 얼떨떨한 기분으로 페이스북 앱을 클릭했다. 내 담벼락은, 피터의 친구들이 피터의 페이스북에 올린 메시지로 포화 상태였다. 피터, 가엾은 피터, 불쌍한 피터, 착한 피터, 멋진, 우리의, 우리가 모두 사랑했던, 우리 모두의 소중한 피터…….

멍한 기분으로, 비행기에서 마신 샴페인의 알코올과 커피의 카페인에 절반씩 사이좋게 푹 절은 채, 꼬깃꼬깃 구겨진 종이 같은 정신상태로 텅 빈 새벽의 공항을 가로질러 입국심사를 끝내고 길고 긴 기다림 끝에 가방을 찾아 공항을 빠져나오려는 순간, 모르는 번호로부터 문자가 도착했다. 명훈이 아버지였다.

4

 다음 날 명훈이 아버지를 만났다. 그것이 그와의 처음이자 마지막 만남이었다. 이후 소식을 들은 적은 없다. 하지만 가끔 생각한다. 불운한 그의 인생에 대해서.

 보십시오. 이것이 바로 실패자의 삶입니다. 정신 똑바로 차리십시오. 여러분 있는 힘을 다해 이것만은 피해야 합니다……의 경고가 무언의 확성기를 통해서 불쌍한 명훈이 아버지의 머리 위로 울려 퍼지는 듯했다. 오후 12시 45분, 잠깐의 해방을 맛보는 중인 직장인들의 열기로 터져나갈 듯한 도심 한낮의 나이트클럽 아니 스타벅스 구석 자리에 앉은 명훈이의 아버지는 그가 놓인 장소의 무드와는 진정 거리가 멀었다.

 -비 다시 이십사 번 손님 캐러멜마키아토 그란데 사이즈 두 잔 나왔습니다!

 옹기종기 모여 웅성거리는 사람들.

 -비 다시 이십사 번 손님!

―비 다시 이십사 번 손님!

커피숍 직원의 목소리는 찢어지기 일보 직전.

―비 다시 이십오 번 손님 주문하신 아이스아메리카노와…….

명훈이 아버지가 나를 만나고자 한 이유를 설명했다. 그의 목소리는 부드럽고 단단했다. 그는 명훈이가 가장 좋아했던 친구가 바로 나라고 했다.

그야 뭐, 물론 온 세상이 다 아는 사실이지. 더 이상은 아니지만. 나는 의례적으로 겸손한 말들을 줄줄이 늘어놓았다. 명훈이 아버지는 묵묵히 듣고 있었다.

―비 다시 이십육 번 손님! 주문하신 카페모카…….

그가 독일에서 치러진 명훈이의 장례식에 다녀온 이야기를 했다.

―슐츠 씨를…… 보셨나요?

내가 물었다. 그가 조용히 나를 응시했다. 아니 째려봤달까.

―한 번 뵌 적이 있거든요, 독일에서…….

나는 설명했다.

-네, 있었어요. 거기, 있었죠.

그가 대답한 뒤 짧게 한숨을 쉬고 창밖을 보았다.

비 다시 삼십육 번 손님의 탄두리치킨샐러드와 따뜻한 아메리카노 톨 사이즈가 외쳐지고 있었다. 직장인들의 흥분은 절정에 달해 있었고, 나는 불쌍한 명훈이 아버지와 세상에서 가장 어색했던 27분을 보냈다.

그를 동정했던가? 아마도. 어쩌면. 하지만 솔직한 내 심정은 참담함 그 자체였다. 도무지 실마리를 찾을 수 없다는 표정으로, 어떤 실마리가 나에게 있을지도 모른다는 의심 혹은 희망으로 나를 쳐다보는 그 두 개의 까만 눈동자라니! 내가 뭘 어쨌다고? 내가 명훈이의 어머니를 바람나게 했던가, 혹은 피터를 게이로 만들었던가? 아니 나는 그저 김명훈의 구원자, 은인인걸! 명훈이 아버지는 나에게 삼보일배라도 해야 한다. 무기력한, 지긋지긋하도록 무력한, 한국 남자라는 존재의 본질이 스타벅스의 쌉쌀한 다크로스팅 커피향을 배경으로 그로테스크하게 전시되고 있었다. 내 주위를 둘러싼 모든 사람들의 눈에 나 또한 그 끔찍한 인스톨먼트의 일부로 느껴지겠지. 심지어 명훈이 아버지가 작은 소리로 흐느끼기 시작했을 때, 아우 정말이지 집어치웠으면, 나는 비 다시 사십일 번 손님의 차가운 카푸치노 거품 속으로 사라지고 싶은 심정이었다. 하지만 나는 의연하고 또 경건한 태도를 유지하며, 명훈이 아버지가 자신의 절망과 슬픔과 의심과 다시 절망과 즉 다시 말해 한계 없는 나약함을 나체쇼를 하듯이 나에게 전시하는 것을 끝까지 지켜보았다. 그에 대해 무슨 코멘트를 늘어놓았던가, 나는? 초등학교 미술 시간에 명훈이와 함께 종이를 오려서 토끼 가족을 만들었던 에피소드? 그 가족을 마티아스가 몹시 좋아했을 때 얼굴이 아주 빨개졌던 명훈이? 왜 그런 얘기를 늘어놓았지? 나는 피터가 토끼 엄마를 크고 우람하게, 토끼 아빠를 아주 가늘고 허약하게 만들었던 것을 기억한다. 그것이 솔직히 이상스러워서 나는 몇 번이나 저게 아빠냐고, 저 가냘픈 토끼가 엄마가 아니고 아빠냐고, 물었다. 명훈이 아버지는 실제로는 등치가 컸다. 웬만한 독일인만큼 컸다. 하지만 그는 작고 늙은 여우 토마스 슐츠에게 아내를 뺏겼다.

그와 만나고 몇 달 뒤 나는 명훈이 어머니의 페이스북 페이지가 추천 목록에 떠 있는 것을 발견했다. 빌어먹을 소셜미디어! 명훈이 어머니의 이름은 마리아 슐츠로 되어 있었다. 두 장의 사진이 공개되어 있었는데, 하나는 붉은색의 요염한 이브닝드레스를 입은 채 역시 잘 차려입은 슐츠 씨와 샴페인잔을 들고 화사하게 웃고 있는 사진이었다. 또 하나는 캐주얼한 옷차림으로 쌍둥이 남자아이들을 안고 있는 것이다. 똑같이 생긴 두 아이는 검은 머리에 새파란 눈을 갖고 있었다. 독일어로 너무너무 사랑스러운 우리 아기들!이라고 마리아 슐츠 씨는 적어놓았다.

오, 그들이 절대 피터처럼 되지 않기를!이라고 독일어로 코멘트를 달까 하는 생각을 약 1초가량 한 다음 나는 노트북을 닫았다.

질문:
명훈이 아버지는 잘 지내고 있을까? 그의 페이스북 페이지는 추천 목록에 절대 뜨지 않았다. 대

체 뭐가 문제였을까? 대체 어떤 죗값을 치르는 것일까? 남모를 악행을 저질렀나? 그가 태어나고 자란 고국을 떠나기로 한 것이 잘못된 선택이었나? (죽기 직전 나의 아버지는 꽤 자주 명훈이 아버지가 온 가족을 데리고 독일로 이민을 가기로 한 결정이 잘못된 것이었다고 말했다. '그곳은 저주받은 땅이야! 히틀러가 왜 역사의 무대에 등장했을 거라고 생각해?' 그런 걸까? 명훈이 아버지는 사랑하는 아내와 아들을 차가운 게르만 늪에 내던져버린 걸까? 왜? 왜?)

하지만 마침내 그가 독일에 뼈를 묻을 수가 없겠다는 결론을 내렸을 때, 그의 갑작스러운 결정 앞에서 아내와 아들이 돌아서는 모습에서 그는 무엇을 느꼈을까? 처음 아내의 부정을 발견했을 때. 그 상대가 오랫동안 신뢰했던 상사였음이 밝혀졌을 때. 아내가 고국으로 돌아가는 대신 이혼을 선언했을 때. 명훈이 어머니가 아니라 마리아 슐츠가 되기로 마음먹었을 때. 아들 또한 피터 슐츠가 되기로 결정 내렸을 때. 모두가 그에게 완전히 등을 돌린 것을 발견했을 때. 그렇게 홀로 돌아온 그에게 전해진 소식이 하나뿐인 아들의 죽음일 때.

   그는 무슨 생각을 했을까? 어떤 기분일까?

   질문:

그는 왜 아들처럼 자살하지 않았을까?

   다시 질문:

   하나의 인간이 견딜 수 있는 고통의 한계는 어디까지일까? 그것을 정확히 측정할 수는 없을까? 그러기 위해서는 어떤 실험이 필요할까?

   고통의 한계라……

   개강을 일주일 앞두고 나는 내 완벽하게 다정한 남자친구1과 헤어졌다. 내 인생 첫 번째 남자친구. 나는 그를 사랑했던가? 아니. 조금도? 조금도. 단 1초도? 단 1초도 나는 그에게 아무런 감정도 갖지 않았다. 나에게 있어, 그는 다정한 유령이었다. 다정하고 또 다정한, 흰 리넨커튼 사이로 흐릿하게 모습을 비추는 다정한 유령.

오롯이 혼자가 된 나는 생각의 시간을 가졌다. 무엇에 대해서? 명훈이네 같은 일이 내 인생에서 벌어지지 않게 하기 위해서는 어떻게 해야 하는지에 대해서, 잠시 생각해보았다. 그야말로 뒤늦은 사춘기였던 것이다.

(이민희는 방학 동안 쌍꺼풀수술을 했다.)

인상적으로 아름다웠던 그 계절 나는 인간과 삶에 대한 나만의 이론을 정립했다. 거창하게 말했지만 별거 아니다. 그간 내 안에 떠다니던 공기를 선명하게 한 것에 불과함. 그것이 무엇이냐 하면 간단하다. 인간은 기본적으로 식인食人하는 종족이다. 일단 그것을 인정해야 한다. 윤리와 감정에 앞서서 현실을 받아들여야 한다. 무슨 말인고 하니, 세상은 먹고 먹히는 게임이라는 것이다. 내가 너를 잡아먹지 않으면, 네가 나를 통째로 집어삼킨다. 조심하고, 또 경계하라. 명훈이 아버지와 명훈이는 산 채로 먹혔다. 독일이라는 음침한 나라가 꿀꺽 삼켜버렸다. 아니면, 마리아 슐츠 씨가 잡아먹은 건가? 그리고 마리아 슐츠 씨는 토마스 슐츠 씨한테 잡아먹혔다. 늙은 들개처럼 푸석푸석했던 슐츠 씨는 마리아 씨의 페이스북 사진에서 통통하게 살이 오르고 윤기 나는 털을 가진 은빛 여우로 탈바꿈되어 있었다. 한편 마리아 씨는 한 마리의 이상한 뱀처럼 변해 있었다. 그런 모습이 아름다운 아시아 여인의 자태라고 독일인들은 생각하는 것일까?

그럴지도.

그렇다면 나는 어떻게 살아남을 것인가? 즉, 누구를 잡아먹을 것인가? 어떻게? 그에 대한 결론이 그 아름다웠던 낙엽의 계절, 차갑게 내려졌다.

그랬던 것이다…….

나는 상념들을 접어놓고 커피를 한 모금 마셨다. 미지근했고, 맛 또한 형편없었다. 카페 입구에 낯익은 여자애가 등장했다. 세영이었다. 나는 활짝 웃으며 손을 흔들었다.

5

세영이는 재미있는 아이다. 깜찍하다고 해야 하나. 귀엽다. 응, 귀여운 애. 항상 뾰로통한 표정을 짓고 있지만 몹시 귀여운 데가 있다. 언제나 살짝 못마땅한 표정에, 뺨이나 이마 혹은 입술 아래 성난 뾰루지를 한두 개씩 달고 다니는 모양새라든지, 타이트한 짧은 치마 아래 드러난 창백한 허벅지라든지, 멍든 상처가 한두 개씩 나 있는 가느다란 발목에 걸쳐진 흰색 하이탑 컨버스는 굉장히 깜찍한 데가 있다. 항상 들고 다니는 정체불명의 스트로베리색 패브릭 가방 역시. 거기에는 항상 엉뚱한 것이 들어 있다. 샤넬 바디로션이라든지, 스매싱펌킨즈의 CD라든지. 잘 익은 커다란 홍시를 꺼내서 나에게 준 적도 있다. 정말이지 재미있는, 귀여운 아이! 그리고 언제나 책을 들고 다닌다. 그 애의 독서 취향은 종잡을 수가 없다. 처음 봤을 때, 오정희의 소설집을 가슴에 안고 교실로 들어와서 열심히 살아가는 문학소녀인가 했는데, 그다음 수업에 다시 봤을 때는 제이디 스미스 최신작 원서를 책상 위에 올려놓고 있는 것이 아닌가.

얘 뭐야? 재밌는 애네.

나는 생각했고, 처음으로 그 애를 봤다. 물론 그 애는 나의 수업을 듣고 있었으므로, 그 전에 몇 번이나 수업 시간에 봤지만 그건 엄밀히 봤다고 할 수가 없는 것이었다. 박세영. 네. 출석부를 스쳐 지나가는 그렇고 그런 이름 중의 하나. 지루하고 지겨운 대학교 1학년 신입생들을 위한 인문교양 강의. 뒤죽박죽인 캠퍼스를 가로질러 교실에 들어가 애들의 상태를 보면 대한민국의 미래가 걱정되지 않을 수가 없다. 물론 나는 절대 아무런 싫은 티도 내지 않는다. 나는 매너 있는 인간이다.(웃음)

아무튼 박세영이는 나의 흥미를 자극했다. 애매한 굵기로 펌을 한 역시 애매한 길이의 머리카락은 끝이 죄다 갈라져 있었고, 요새 어린 학생들에게 유행하는 시뻘건 색의 립스틱을 발라 번들거리는 입술, 그 아래는 유난히도 커다란 뾰루지가 떡하니 박혀 있었다. 피부 화장을 거의 하지 않은 투명한 피부 위로 뻔뻔하게 드러난 그 붉은 오점이 아무래도 몹시 신경 쓰인다는 듯한 뾰로통한 표정. 폴리에스터 재질의 검정색 터틀넥스웨터 위에 헐렁하게 걸친 회색 체크무늬 끈원피스, 그 아래 드러난 창백한 허벅지와 종아리, 발목까지 덮은 흰색 하이탑 컨버스. 그리고 문제의 선명한 딸기색 패브릭 가방.

완벽하군.

뭔가…… 완벽하게 자신만의 세계를 살아가는 젊은이가 분명하잖은가! 저런 건 레어템인데! 귀엽군, 귀여워. 군침이 싹 돌았고, 나는 재빨리 생수를 한 모금 마셨다.

그것이 바로 작년 봄 이민희 대신 떠맡게 된 내 인생 최초의 대학 강의였다. 우여곡절 끝에 강의는 꽤 성공적으로 마무리되어 가고 있었다. 처음에는 더럽고 징그럽게만 보였던 90년대생 애들도 그럭저럭 풋풋하게 느껴지는 경지에 이르렀다. 자주 보면 정이 드는 법이겠지. 새로운 세대의 언어와 유행, 사고에 조금은 익숙해졌다고 할까? 요새 인기 있는 아이돌 그룹이 왜 인기가 있는지도 이해하게 되었고, 젊은 애들만의 유머 코드에도 익숙해졌다. 고작 열 살 남짓 더 먹은 주제에 할망구인 척하고 있는 것 같지만 요새 열 살 차이는 엄청나다. 나에게 그 애들은 순전한 암호문이다. 여전히 그렇다. 그 수많은 암호문들 가운데 오직 박세영이라는 인간만이 해독 가능했다.

그것은 그 애한테 할망구 같은 데가 있었기 때문일 것이다. 스매싱펌킨즈와 제이디 스미스라니? 박물관에 들어가 있는 양반들이 아닌가? 까마득하게 어린애가 왜 X세대 좀비들에게 빠져 있는지? 역시 문제가 있다. 문제가 없다고 할 수가 없다. 아무래도 문제가 많은 아이다. 그 아이가 가진 가장 큰 문제는 또래의 인간들 가운데서 자신이 특별하게 잘났다고 생각하는 것이다. 그 오만함이 세영이 같은 종류의 아이들이 가진 고질적 적폐, 모든 문제의 시작이다. 일이 꼬이기 시작하는 것이다. 이리저리 휩쓸리다가 엉뚱한 식인종의 한 끼 간식이 되고 마는 가여운 결말. 그것은 너무나도 슬픈 일이므로 나 왕년의 알리스 청은 다시 한번 구원자의 역할을 떠맡기로 했다.

세영이와 내가 실제로 친해진 것은 강의 마지막 날, 의례로 갖는 뒤풀이에서였다. 나는 특별히, 사랑하는 나의 학생들을 위해서 학교 근처에서 가장 깔끔하고 먹을 만한 파스타집을 뒤풀이 장소로 정했다. 서비스로 주는 계란탕이 죽여주는 막창집에서 소주 까는 힙스터 스타일도 끌리긴 했지만 사양하기로 했다. 왜냐하면 박세영이 그 자리에 와야 했기 때문이다. 박세영은 절대로 막창집 힙스터 스타일이 아니었다. 왜냐하면 그런 서민적인 라이프스타일을 좋아하기에, 그 애는 꽤 절박한 데가 있었다.

식도락가로 유명한 어떤 일본 연예인은 이따금 한국에 와서 새벽의 동대문을 헤매고 다닌다고 한다. 딱 떨어지는 버버리코트에 이태리산 캐시미어스웨터, 영국산 수제화 차림으로 3,500원짜리 라면집, 떡꼬치 트럭, 국밥집 사이를 춤을 추듯 흥겹게 오간다. 그에겐 그것이 대단한 모험이자 활력 충전인 것이다. 긴자 거리의 어느 술집, 최고급 스피커에서 흘러나오는 빌 에번스의 1960년 앨범을 배경으로 한 치의 오차도 없이 서빙되는 위스키온더록에 더 이상 아무런 감흥도 느낄 수 없는 그, 정체불명의 국물에 절여진 기다란 오뎅 꼬치를 한입에 쑤셔 넣고 우걱우걱 씹는 것은 누구보다 세련된 긴자의 젠틀맨이 우연히 빠져드는 하룻밤의 여인숙 외도 같은 것이 아닐까? 결국 돌아갈 곳은 아오야마의 꿈같은 고급 맨션, 결혼을 약속한 천생 규수인 여자친구, 약속된 미래로 가득한……

세영이에게는 바로 그런 미래가 영 부족해 보였다.

물론 내 수업을 듣는 30명 남짓한 밀레니얼들에게 골고루 부족해 보이는 것이 그런 미래였다. 약속된 미래가 있는 학생들이 내가 하는 수업에 들어올 리가 없다. 횔덜린을 블레이크와 비교하고 쇼펜하우어의 미학에 대해 개소리를 늘어놓는 ('유럽 질풍노도 문학의 이해') 그 시간 낭비에 참여를 한다는 것은 인생을 포기하겠다는 사인이

다. 실제로 나 자신 수업이 진행될수록, 아니 솔직히 처음부터 내내 정신이 나간 년에 가까웠다. 스타벅스의 트리플샷 모카라테에 취해서 횔덜린의 『히페리온』을 낭독하다가 졸고 있는 뒷자리 남학생을 향해서 독일어로 빌어먹을 돼지궁둥이라고 읊조려도 아무도 못 알아듣는데 어차피.

세영이가 그 더러운 돼지궁둥이들이랑 약간 다른, 독특한 동물인 점이 뭐였냐 하면 그 수업에 참여한 학생들 가운데 유일하게 그녀만이 자신이 미래가 없는 사육장 돼지라는 사실을 인정하지 않고 있었다는 점이었다. 그것만은 절대 인정할 수가 없다. 바로 그 저항 정신이 그녀로 하여금 지난 세대의 식인종들을 향해 필사적으로 손을 내밀게 만드는 것이었다. 단지 살아남았다는 이유만으로, 그녀는 우리 식인종들을 신뢰하고 있었다. 그들이 자신에게 뭐라도 줄 것이라고 여기는 것일까? 정말? 식인종이 사람한테 뭘 줄까? 식욕으로 충만한 식인종에게 제 발로 다가가는 것보다 위험한 행위가 있을까? 우리 도시의 식인종들은 너무나도 개화, 문명화되어서 네 심장을 잘근 잘근 씹고 혈관을 쪽쪽 빨고 있는 순간에도 최고로 우아하고 선량한 미소를 지을 줄 아는 자들이다. 그런 자들이 나와 같은 세련된 도시인들인 것이다. 즉, 나는 가능한 빨리 세영이의 허여멀건 목에 이빨을 꼽고 신선한 피를 쪽쪽 빨고 싶을 뿐이었다!

누군가 나에게 성공한 식인종으로서, 예비 식인종들에게 해줄 말, 나누어줄 지혜 같은 것이 있느냐고 묻는다면 뭐라고 할까? 하하! 솔직히, 사람을 잡아먹는 데 지혜 따위 필요 없죠. 그리고 식인종이 뭐 특출난 종족이 아니다. 식인종 또한 식인종에게 잡아먹힌다. 세기의 식인종도 다른 식인종에게 잡아먹히는 순간 쫑 나고 마는 것이다. 그게 다다. 잡아먹히지 않으려면 부지런히 머리를 굴리고, 몸을 움직여야 한다. 그게 전부예요, 여러분.

대망의 뒤풀이 날, 특별히 준비해 온 싸구려 샤블리를 테이블 위에 올려놓으며 나는 주위를 둘러봤다. 과연. 세영이가 있었다. 과연! 짧은 환희는 잠시, 내 심장은 다시 알맞은 온도로 식었다. 와인을 저장하기에 딱 알맞은 온도. 뒤풀이는 성공적이었다. 몇 번 위기 순간이 있었지만, 마지막 순간까지 나는 스스로의 이미지, 호의적이며 지적이고 깔끔한 느낌을 유지하는 데 성공했다.

 뒤풀이가 끝나고 돌아가는 길, 나는 자연스럽게 학생들 속에 섞였다. 왁자지껄 지하철역을 향해 걸으며 나는 세영이와 단둘이 걷는 시간을 확보했다.
 ─영국 현대소설을 좋아하는 것 같던데?
 대답 대신 세영이가 부끄러운 듯 미소 지었고, 미소에 익숙하지 않은 그녀의 얼굴근육이 부자연스럽게 일그러졌다.
 ─제이디 스미스, 나도 흥미롭게 생각하는 작가야. 그녀가 쓴 에세이집이 나한테 있는데. 소설과는 또 다른 묘미가 있더라.
 ─그래요? 제목이 뭐예요?
 ─응, 그게 뭐였더라? 잠깐 기억이……. 아무튼 관심 있으면 빌려줄게.

—정말요?

—응, 혹시 전화번호 알려줄래? 내가 학교 나올 일이 있으면, 분명히 있을 듯한데, 과사무실에다가 맡겨놓고 문자할게.

—아아 정말요? 감사합니다!

지하철역에 도착한 학생들과 나는 개찰구로 들어서서 몇 번의 인사를 나눈 끝에 양쪽 방향으로 흩어졌다. 세영이는 나와 반대 방향이었다. 나는 마지막으로 세영이와 눈을 맞추며 손을 흔들었다.

그날 집으로 돌아오자마자 아마존에서 제이디 스미스의 에세이를 검색했다. 가장 **빠른** 배송 옵션을 선택하여 주문 버튼을 눌렀다.

6

 가을 학기 직전, 나는 제이디 스미스의 책을 핑계로 세영이를 불러내는 데 성공했다. 배달된 뒤 한 달 넘게 뜯지 않은 택배 상자에 들어 있던, 한 페이지도 넘겨보지 않은 제이디 스미스의 『Changing My Mind』를 세영이에게 건넸다. 해방촌에 있는 브런치 식당이었다. 3분의 1은 교포, 3분의 1은 영어 강사, 나머지는 그 교포나 영어 강사의 친구로 채워진 그 식당의 분위기는 활기찬 난민캠프와 미쳐가는 포로수용소의 사이에 있었다. 한마디로 대단히 미국적.

 나와 세영이가 문제의 책을 사이에 두고 약간은 혼란스러운 침묵에 빠져들어 있을 때, 우리 테이블 앞을 지나치던 붉은 머리의 백인 여자가 문제의 책을 힐끗 보더니 중얼거렸다. "Zadie Smith, Oh, my……!"

 멀어져가는 여자를 바라보는 세영이의 얼굴이 부끄러움이 뒤섞인 호기심으로 물들었다.

나는 아무 말도 하지 않고 세영이를 바라보았다. 그녀를 비난하듯. 네가 이따위 부끄러운 책을 나에게 주문하게 만들어서, 그리고 그따위 부끄러운 책을 하필이면 이런 장소에서 증정하게 만들어서, 나를 모욕적인 상황에 빠뜨리고 말았다는. 하지만 나는 그 책임을 묻지 않겠다. 네가 제이디 스미스를 좋아하든 말든 내가 알 바가 전혀 아니지만……

-선생님.

세영이가 마침내 입을 열었다.

-응?

-저 사실 제이디 스미스 안 좋아해요.

-그래?

-저는 사실 제이디 스미스를 존나 싫어하는 편이에요.

-아, 그래? 그랬구나. 미안. 내가 센스가 없었네.

-아뇨, 괜찮습니다.

세영이가 커다란 웨지감자 하나를 포크로 찍어 입에 쑤셔 넣었다.

—어 이거 맛있네요.

—그래? 다행이다.

나는 맥주를 한 모금 마셨다.

—여기 자주 오세요?

나는 고개를 흔들었다.

—아니, 처음이야.

—아…….

세영이가 꼬았던 다리를 푼 다음 천천히 주위를 둘러보았다.

—세영이는 그럼 무슨 소설을 좋아해? 어떤 소설가를 좋아해?

—저요? 스페인 문학이요.

—그래? 스페인 문학 어떤 거?

—세르반테스…….

망할 년. 빌어먹을 년. 빌어먹을 망할 년. 그날의 만남은 나의 완벽한 패배였다. 나는 나의 판단력에 대해서……. 아니 나의 판단력이 문제가 아니다. 박세영이가 나를 가지고 논 것이다. 박세영이가 처음부터 나를 엿을 먹이려고 펼친 작전에 내가 놀아난 것이다. 처음부터, 그 애가 나를 노리고 작전을 펼친 것이다. 제이디 스미스의 책을 팔락거리며 귀엽게 갸웃거리는 제스처에 내가 홀딱 넘어간 것이다. 오, 개같은 망할 년.

나는 복수를 생각했다. 하지만 어떻게? 나는 더 이상 세영이와 마주칠 일이 없었다. 나는 C대학의 강의 연장 요청을 거절하고 그보다 상위권인 H대학의 강의 요청을 받아들인 상태였다. 젠장, 어떡하지! 그냥 잊어야 하나? 하지만 너무 약이 올랐다. 이 천하의 쌍년을 어떻게 한담!

신기한 반전은 며칠 뒤 새벽에 일어났다. 이것이 아마도 신이 존재한다는 증거가 아닐까? 아닌가? 아님 말고.

그 증거로서 아래 02:32 AM 박세영이가 나에게 보내온 이메일.

제목 : 해방촌 감자

선생님 세영이에요.

그날 만나서 반가웠어요.
웨지감자 맛있었어요!
나중에 또 뵈어요!

P.S. 제가 요새 쓴 짧은 글이 있는데, 함께 보내요!

세영 드림

7

 그렇게 세영이는 내가 놓은 덫에 스스로 기어들어 왔다. 나는 첫 번의 실패를 반복하지 않기 위해 아주 조심스럽게 다가갔다. 수저 안에 담긴 스프라고 해서 안심하면 안 된다. 깜짝 놀란 스프가 수저 밖으로 뛰쳐나가는 기적이 일어날지도 모르니까.

 내 노력에 부흥하듯 세영이는 기대 이상으로 재미있는 아이였다. 그 애의 재미를 과소평가했던 것이 나의 실수라면 실수다. 하지만 사람이 살다 보면 실수를 하기 마련이지 않은가? 나는 겸허히 나의 실수를 인정한다. 세영이가 메일에 첨부한 짧은 글은 내 예상을 뛰어넘었다. 한마디로 그 애는 재능이 있었다. 재능 말이다. 세상에 그런 게 실제로 존재한다고 도대체 누가 믿겠어? 재능이라니. 제이디 스미스 책이나 들고 다니는 허세 사기꾼인 줄 알았는데, 그게 아니라 클래식하게 재능이 있는 젊은이였다. 역시 내가 사람을 보는 눈이 있다. 약간의 실수는 있을 수 있지만, 절대 핵심을 놓치지 않는다.

그녀가 기대 이상으로 재미있는 인간이라는 점은, 나에게 진정 큰 기쁨이었다. 나의 즐거움은 증폭되고, 연장되고, 풍성해질 것이다. 삼중 연애나 변태 섹스와는 비교조차 될 수 없다. 젊은 재능이란 정말이지 드물다. 거의 없다고 할 수 있다. 왜냐하면 그런 것을 알아볼 수 있는 감식안 역시 매우 드물기 때문이다. 자랑 같지만 내가 바로 그런 감식안의 소유자다. 세상에 두 명의 재능 있는 인간이 있다고 치면, 감식안을 가진 인간은 한 명에 불과할지도 모른다. 하여 재능 있는 인간 둘 중의 하나는 끝내 발견되지 못한 채로 사라지고, 나머지 하나는 감식안을 가진 인간과 조우하게 된다. 그리하여 해피 엔딩? 노노. 한 인간이 감식안을 가졌다는 것은, 그런 레어템을 알아볼 줄 안다는 것은, 희귀한 것을 즐길 줄 안다는 것은, 한마디로 변태 쾌락주의자라는 말이다. 변태 쾌락주의자는 단순히, 단순한 쾌락을 좋아하지 않는다. 그가 원하는 것은 배배 꼬인 쾌락이다. 쾌락으로부터 멀리 돌아가는 쾌락이다. 응축된, 예외적인, 동시에 엄격한, 아찔하도록 자극적인. 하여 변태 쾌락주의자의 입장에서 재능이 건강하게 펼쳐지는 광경은 만족스럽지 않다. 반대로 그 희귀한 무언가 짓밟히고 꺾여, 뭉개지고 피가 튀고, 헐떡거리다가, 마침내 뒈져버리는 바로 그런 광경을 변태 쾌락주의자는 갈구한다.

That shit is better than sex.

근데 잠깐.

"희귀한 재능이 짓밟히고 꺾여, 뭉개지고 피가 튀고, 헐떡거리다가, 마침내 뒈져버리는 광경."

이거 뭔가 몹시 익숙하고 진부한 설정이 아닌가? 인간이라면 모두가 설렘을 갖게 되는 장면이 아니냔 말이다. 내 말은, 인간들은 기본적으로 변태 쾌락주의자라는 것이다. 내가 유별난 데가 있다면 좀 더 참여적이고, 적극적이라는 것일 테다. 어릴 적 지겹도록 받았던 현장학습, 참여 활동 즉 화려하게 만개한 민주주의의 영향이 아닐까? 다시 말해, 나는 선생님이 주는 것을 수동적으로 받아들이는 것이 아닌, 나 스스로, 나의 삶 속에서 적극적으로 내가 원하는 것을 찾아 헤매는 인간이다.

정말이지 올바른 인간상이 아닐 수 없다.

박세영은 나의 이런 노력에 대한 최초의 보답이었다.

그 애는 바보같이도 나를 믿었다. 그리고 앞으로도 꽤 오랜 시간 그 애는 나를 믿을 것이다. 이십 대 초반 가장 창창한 시기를 그녀는 이상한 미로 속에서 돌고, 돌고, 또 돌다가······.

1년 반이란 꽤 긴 시간이다.

세영이를 만나기 한 달 전 나는 한 독립문학잡지의 편집위원이 되었다. (그 또한 가엾은 암 환자 이민희의 부재 덕에······.) 도대체 왜 내가 이런 멍청한 시간 낭비를 행해야 하는가 첫 번째 마감 회의 때 깊은 회의를 느꼈다. 하지만 그만두지 않았는데, 그게 다 이유가 있다. 독립문학잡지의 편집위원이라는 타이틀은 세영이 같은 재능 있는 애송이들에게 프리 패스나 마찬가지였다.

독일 문학을 전공한 명문대 출신의 프리랜서 번역가, 이자 독립문학잡지의 편집위원.

오, 나는 나의 타이틀을 진심으로 사랑한다.

나는 돈에 관심이 없다.

속물이 아니며……

그저 즐거움을 애정할 뿐. 인간들에 대한 호기심으로 충만할 뿐. 충만한 호기심으로 인해 자잘한 놀이를 멈추지 못할 뿐. 정말이지, 멈출 수가 없다. 인간들이 얼마나 깜찍한 존재들인지 본인들은 전혀 모르는 것 같다. 예를 들어 세영이는 자신이 글쓰기에 얼마나 재능이 있는지 전혀 아무런 감이 없다. 본인이 얼마나 싱싱하고 또 완벽하게 vulnerable한지에 대한 아무런 감이 없는 전형적으로 고통받는 아름다운 청춘.

이런 여자애들을 강간하는 것은 너무 쉬운 길이다.

앨리스가 이상한 굴을 둘러싸고 어찌나 재미있

는 모험을 하는지, 사람들은 감히 상상조차 할 수 없을 것이다.

나는 박세영을 굴에다가 쏙 집어넣은 다음 현미경을 가져다 대고 매일매일 관찰한다.

아니 매일매일은 아니지. 가끔, 조심스럽게, 그러나 집중력 있게. 나는 내가 세영이에게 엄청난 관심이 있다는 것을 숨기기 위해서 정말이지 노력했다. 물론 그렇게 힘든 일은 아니었다. 나의 표면적인, 우아한 생활을 유지하면 되는 것이다. 나의 더없이 다정하고 어른스러운 남자친구4 성연우와의 만남을 지속하고, 아무 말이나 지껄이는 편집위원 행세를 하며, 이따금 원고 청탁이 오면 영혼 없는 글쓰기를 하고, 일주일에 한두 번의 요가 레슨. 요가보다 자주 피부 관리를 받으러 다닌다는 것은 비밀. 이따금 물장구도 치고 또…….

아아, 번역.

번역가라는 타이틀을 유지하는 것이 가장 중요하고 또 동시에 힘들었다. 1년에 겨우 한 권을 번역하는데도 어찌나 지긋지긋하고 울화통이 터지는지. 왜 나는 나와 가장 안 어울리는 직업을 직업

삼았을까? 고백하자면, 나는 번역가라는 말이 주는 이미지가 좋았다. 그리고 솔직히 번역가는 아무나 할 수 있다. 물론 퀄리티의 차이가 있을 수 있지만. 정상 범주 안에 드는 지능의 소유자를 책상 앞에 앉혀놓은 다음 사전을 쥐여주면 어떻게든 해내게 되는 작업이다. 하지만 솔직히 독일 문학이나 요즘 한국문학에 대해 아무 말들을 늘어놓는 것이 더 편하기는 하다. 그렇담 비평에 재능이 있다는 것인가? 아니, 조금만 관심을 갖고 내가 쓴 글을 읽어보면 그것이 정말이지 무가치한 개소리라는 것을 초딩도 알 수가 있다. 하지만 나의 타이틀, 학벌과 전공과 직업, 내 유창한 독일어와 또 능숙한 영어가 사람들의 정상적인 사고를 가로막는 것이다. 저렇게 지적이고 교양 있고 똑똑한 여자가 아무 말이나 늘어놓을 리가 없지.

그렇게 사람들은 내 앞에서 안심한다.

누구보다 영민하고 섬세한 박세영이가 나의 질 나쁜 사기를 몰랐을까? 아니, 너무 잘 알았을 것이다. 그 애는 자신의 두 눈으로 내가 치는 개수작들을 수없이 목격했다. 나는 별로 숨기지도 않았다. 갈수록, 나는 너무나도 거리낌 없었다. 문제는 전적으로 그 애였다. 그 애는 눈을 꼬옥 감았다. 학벌 좋은 우아한 서울(동부이촌동) 언니가 자신을 상대해준다는 사실에 완전히 취한 것이다. 그 애가 나를 만나고 집으로 돌아가는 길, 덜컹거리는 수원행 급행열차에서 매번 깊은 모욕감을 느꼈을 것이라고 짐작할 수 있다. 가방에 든《뉴요커》지 따위 전혀 위안이 되지 않았을 것이다. 그럴 만했다. 그 애는 그럴 만한 재능이 있었다.

재능을 가진 인간들의 가장 큰 약점은 허영심이다. 그들은 자신이 가진 재능만큼, 딱 그만큼의 거품에 둘러싸여 있다. 그 거품, 즉 허영심은 재능의 부산물이자 함정. 허영심은 눈을 멀게 하고, 신경을 둔하게 한다. 한마디로 마비시키는 쾌락이다. 재능을 가진 인간들은 쾌락에 취약하다. 하여 그들은 뻔히 두 눈을 뜬 채 꼬임에 넘어간다. 박세영도 마찬가지다. 그녀의 허영심은 번번이 그 애의 재능을 이겼다. 결국 그녀의 재능은 너덜너덜 만신창이가 되어가고 있다.

아름다운 종달새가 피투성이가 되어가는 광경만큼 아름다운 것이 있을까?

물론, 모든 것은 전적으로 박세영 본인의 탓이다. 내 탓이 전—혀 아니다.

8

 약속 시간을 30분도 훌쩍 넘겨 나타난 세영이는 초췌한 행색이었다. 잦은 염색에 상한 머리카락은 가느다란 인공섬유 가닥들처럼 보였는데 그것은 물론 나름의 독특한 매력이 있다고도 할 수 있었다. 턱에 난 왕여드름 두 개, 하늘하늘한 원피스 사이로 드러난 창백한 허벅지에도 불긋불긋하게 뭔가 솟아 있었다. 너덜너덜한 하이탑 컨버스. 일본 만화 속 보헤미안 소녀 같은 자태는 전과 그대로인 듯했지만 자세히 보면 뭔가 달랐다. 내 상상 속, 혹은 내 기억 속 박세영의 가짜 버전 같았다. 왜 이렇게 되어버린 것일까? 처음 봤을 때 그 나른함 속의 생기는 어디로 가버린 걸까?

 인간이 변하느냐, 변하지 않느냐. 타고나느냐, 만들어지느냐 지긋지긋한 논쟁의 역사는 길고도 깊다. 예를 들어 똑같은 최고 등급의 소고기 안심을 가지고도 요리하는 사람의 실력에 따라서 완전히 다른 차원의 음식이 만들어질 수 있다는 것에 모두가 동의할 것이다. 수십만 원 값어치를 하는 전설의 필레미뇽 스테이크가 될 수도 있고, 마늘을 너무 많이 넣어서 쓰고 떫은 데다 간도 안 맞는 미역국 속 거무튀튀한 단백질 덩어리가 될 수도 있다. 하지만, 소고기가 마늘로 변하거나 혹은 아스파라거스를 필레미뇽으로 변신시킨다거나 할 수는 없다. 하지만, 하지만 말이다. 어떤 멀쩡한 것을 완전히 망쳐놓는 방식에 대해서 연구하다 보면 지루한 세상이 다양하고 또 화려하게 재탄생하는 것을 발견할 수 있다. 상온에 방치하여 구더기 소굴을 만들 수도 있고. 완전히 태워서 석탄 덩어리를 만들 수도 있다. 혹은 잘게 다져서 쓰레기와 섞는다면? 잔뜩 먹고 토해놓은 것도 가관일 것이다.

  그래서 내가 하고 싶은 말이 뭐냐 하면, 어떤 것을 더 좋게 만들거나, 완전히 다르게 만드는 것은 꽤 힘들고 혹은 불가능하기까지 하지만 어떤 것을 망쳐놓겠다 결심하면 다양하고 창의적인 결과들이 끝없이 탄생할 수 있다는 것이다. (톨스토이가 비슷한 말을 하지 않았던가?)

게다가 무엇보다 쉽고, 또 재밌고, 자극적이다.

내 말이 이해가 되지 않는가?

그렇담 할 수 없고. 어쨌든 여러 가지 측면에서 그날 내 앞에 나타난 세영이는 탐탁지가 않았다. 가짜 세영이를 연기하는 진짜 세영이라니. 너무나 키치한 것! 나의 고급한 취향과는 영 거리가 멀다. 해서 우리들의 만남은 대참사에 한층 가까워졌다. 세영이는 잔뜩 풀이 죽은 얼굴로 (왜?) 가방에서 지갑을 꺼내 들고 주문을 하기 위해 카페 입구로 갔다. 카페 안의 사람들은 그녀에게 전혀 관심이 없었다. 아무도 그녀를 쳐다보거나 궁금해하지 않았다. 아무에게도 아무런 관심도 끌지 못하는 스물셋 여자애의 삶이라니! 왜 나는 이런 처참한 애랑 마주하고 있는 거지?

한참이 걸려 세영이는 휘핑크림을 가득 올린 블랙티라테와 함께 돌아왔다. 그녀는 하고 싶은 말이 꽤 있는 것 같았다. 하지만 반대로 나는 아무 말도 하고 싶지 않았다. 전―혀, 그녀와 대화를 나눌 마음이 들지 않았다. 솔직한 심정으로, 그녀는 정체불명의 해충으로 뒤덮인 들장미 덩굴로서,

가능한 빨리 도망치거나 혹은 강력한 살충제를 그녀의 온몸에 끼얹고 싶을 뿐이었다.

나는 한껏 불편한 티를 내며 그녀를 찬찬히 뜯어보다가 원피스의 가슴께에 붉은 얼룩이 묻어 있는 것을 발견했다.

-어머 세영아 옷에 뭐가 묻었네?

나는 손가락으로 그녀의 가슴을 가리켰다.

세영이가 자신의 가슴을 내려다보았다.

-그렇네. 뭐지?

세영이가 손가락으로 붉은 자국을 문질러보았다. 얼룩은 사라지지 않았다.

-라면 먹다가 튀었나 봐요.

나는 고개를 끄덕이고 창밖을 바라보았다.

-선생님.

-응?

-지난번 공모전에 냈던 거 있잖아요.

-아아, 그거. 어떻게 됐어?

-떨어졌나 봐요.

-그래? 발표 났어?

세영이가 뾰로통한 표정을 지으며 창밖을 바라

보았다.

-역시 그 잡지의 선생들이 꽉 막힌 보수성을 가지고 있는 게 맞았군. 언제 알았어? 속상하겠다.

그녀는 아무 말이 없었다.

-미안. 하지만 내가 어떻게 해볼 수 있는 부분이…….

-선생님이 그때 그 잡지 선생님들이 다른 곳보다 자유롭고 열린 사고관을 갖고 있다고 하셨잖아요? 그래서 거기다가 낸 건데?

박세영이 쏘아붙이며 나를 죽일 듯이 노려보았다. 나는 놀라서 들고 있던 커피잔을 떨어뜨릴 뻔했다.

-내가…… 그랬니?

-네, 그러셨잖아요. 기억 안 나세요?

나는 뜸을 들였다.

-기억 안 나요, 진짜?

-내 생각에. 네가 내 말의 의미를 완전히 오해한 것 같아. 내가 말한 것은 그곳이 다른 곳보다 자유롭고 열린 사고관을 가지고 있다는 이야기였지. 비교적으로 말이야. 그리고 방금 내가 말한 것

은, 그럼에도 불구하고 그곳이 절대적인 견지에서 꽉 막힌 곳임에는 변함이 없다는 것이야. 비교적인 것과 절대적인 것의 차이를 세영이 너 또한 잘 알고 있겠지?

세영이는 내가 말을 하는 내내 나에게서 몸을 돌려 마치 뛰어내릴 듯 창을 향해 고개를 박고 있었다.

-세영아?

침묵.

-세영아? 안 들려?

-왜요?

-혹시, 술 마셨니?

세영이가 고개를 흔들었다.

-술 마실까?

-지금요?

-너무 이른가? 하…… 나도 너무 속상해서 그래. 너무나도 속상해, 왜 사람들은 너의 재능을 몰라주니?

-……제가 재능이 있긴 있어요?

-어머, 세영아. 의심하지 마.

나는 진지한 표정으로 세영이를 응시했다.

-와인 한잔할까, 세영아? 이 근처에…….

-저는 오늘 그냥 집에 일찍 가려고요. 잠도 잘 못 잤고, 컨디션도 안 좋고.

-그럴래? 괜찮겠어?

-네, 죄송해요. 오늘은 사실 이거 돌려드리려고.

세영이가 가방에서 책을 꺼내 테이블에 올려놓았다. 횔덜린의 시집이었다.

-너 가져도 되는데. 가지고 싶으면 가져.

-아니에요. 돌려드릴게요.

-별로 마음에 들지 않았구나?

나는 책을 집어 가방에 넣었다.

-솔직히 무슨 말인지 모르겠어요.

-그래?

-솔직히 정말로 무슨 말인지 모르겠어요. 제가 정말로 시 쓰기에 재능이 있어요?

나는 3초 정도 지긋이 세영이를 응시한 뒤 말했다.

-세영아. 재능이라는 건 말이야. 내 생각

에…… 음…… 진짜로 존재하는 것이라고 믿어. 왜냐하면, 이렇게나 또렷하게 보이는걸. 네가 그것을 소유하고 있다는 사실이 말이야. 하지만 네가 믿지 못하겠다면……. 하긴, 믿기 어렵겠지. 왜냐하면 재능이란 눈에 보이지 않는 것이잖아? 네가 나한테 최초로 보여줬던 그 글 있잖아. 그게 나는 정말로 횔덜린의 환생이 아닌가. 정말로 깜짝 놀랐다고 이미 여러 번 말해왔지? 너의 그 글은 횔덜린이 가졌던 바로 그 에센스를 캐치하고 있었단 말이야. 내가 보기에는 너는 놀랍게도, 또한 너무나도 손쉽게도 독일 로맨티시즘의 핵심을 캐치하고 있어. 정말로 미스터리하지 않니? 너 독일에 한 번도 가본 적이 없다며? 독일어도 모르잖아?

세영이가 고개를 끄덕였다.

-새삼 놀라워. 나는 정말이지……. 하지만 뭐 나야 일개 전공자에 불과하니까. 진짜 문학가도 아니고.

나는 말을 멈추고 세영이를 보면서 생긋 웃었다.

-너무 무리하게 생각하지 마. 젊잖아, 너.

나는 여러 차례 온갖 수사로 세영이를 격려했다. 하지만 그 애의 기분은 전혀 나아지지 않는 듯했다. 그러면 그럴수록 나는 고장 난 기계처럼 세영이를 칭송하고, 위안하고, 또 여러 가지 듣기 좋은 낯간지러운 말들을 끝도 없이 늘어놓았다. 매 순간, 나는 나의 다정한 말들이 그녀에게 아무런 힘이 되지 않는다는 것을 확인했다. 그것은 어떤 의미일까? 세영이는 내가 지겨워진 걸까? 잘 모르겠지만 적어도 반대는 성립했다. 나는 세영이가 지긋지긋했다.

그간 내가 박세영한테 행사한 가장 큰 영향은 그녀를 산문의 세계에서 떼어내어 시의 세계로 몰아넣은 것이다. 그녀는 가볍고 사디스틱한 영미권의 짧은 산문과 소설을 좋아했다. 그녀의 글이 바로 그런 스타일이었다. 가볍고 빠르고, 딱 적당한 지점에서 사람을 찌르는. 굉장히 유능한 침술사 같달까?

나는 그런 그녀에게 완전히 다른 세계를 소개하고 전염시켰다. 무겁고, 끝없이 심각하며, 난해하고 자기파괴적인 독일 문학의 세계를 말이다.

나비의 날개 위에 벽돌을 얹어놓은 격. 멍청한 나비 세영이는 내 충고를 순진하게 따랐다. 무거운 벽돌을 얹은 채로 날아보려고 몸부림치는 동안 세영이의 섬세한 날개는 갈기갈기 찢어졌다.

왜 그런 짓을 했느냐고? 누가? 내가?

솔직히 나에게 무슨 잘못이 있는지 묻고 싶다. 나는 독일 문학을 전공한 번역가이자 평론가다. 게다가 일개 시간강사에 불과한 나한테 뭘 바라는 건데? 그리고 다양한 문학의 세계를 접하는 것은 지망생에게 필수적인 것이 아닌가? 만약 세영이가 강철 날개를 가진 나비였다면 그 무거운 독일 정신을 어깨에 이고도 힘차게 날아올랐을 것이다. 요즘 같은 험한 세상에, 얇디얇은 나비의 날개를 단 채로 살아남으려고 하다니. 미친 거 아니야?

독일 미학의 관념적인 자기파괴의 세계는 더없이 매혹적이다. 그 세계를 한번 맛보고 나면 그 영향권에서 벗어나는 것은 불가능에 가깝다. 세영이처럼 어리고 감수성이 예민한 종족이라면 특히 그렇다. 그 애는 앞으로도 아주 오랫동안 무거운 벽돌 더미에 짓눌린 채 살아가게 될 것이다. 축축한 독일의 숲을 헤매고 다니는 정신병자들의 요설에 둘러싸인 채로. 그 오래된 늪 속 귀신들의 세계에서. 아마도 영원히.

그런 게 진정한 예술이 아닌가?

무거운 벽돌에 찢기고 더러운 진흙으로 빳빳해진 어린 나비의 날개, 아름답지 않은가? 너무 데스메탈한가? 만약 내가 예술가가 되었다면, 그럴 만한 재능이 나에게 있었다면, 꽤 잘해나가지 않았을까? 아니 대단한 성공 가도를 달렸을지도 모르지. 하지만 나에겐 별로 그런 야망은 없다. 재능도 없는 데다가 정말이지 아무 야심이 없다. 나는 나의 이 소박하고 평화로운 세계가 좋다. 나만의 완벽한 세계. 이따금 흥미로운 손님을 초대하여 잔치를 열고, 취하고, 춤을 추고, 춤을 추다가⋯⋯ 12시가 땡 치면 모든 것이 현실로 돌아오는⋯⋯.

물론 거기 하나의 희생자가 남겠지.

하지만 얼른 치워버리면 된다.

박세영은 꽤 흥미로운 손님이었다.

12시가 딱 5분 남았다. 그 전에 우리의 춤이 절정에 달하기를.

모든 꽃이 활짝 피어나지는 않지만, 모든 꽃은 반드시 진다. 꽃이 시드는 모습은 피는 장면만큼 아름답지는 않지만 그 추함의 인상적임에 있어 개화를 능가한다. 꽃병에 갇힌 채, 서서히 생기를 잃어가는. 조금씩 탁하게 변해가는, 탄력을 잃어가는 꽃잎, 죽음에 가까워지는 냄새. 처음 봤을 때 드물게 생생한 들꽃이었던 세영이는 활짝 피어날 가능성으로 가득했다. 나는 나의 탁월한 발견에 감탄하며 서둘러 꽃봉오리가 가득 맺힌 꽃 무더기를 꺾어 꽃병에 꽂았다. 그리고 차갑고 투명한 물에 약간의 독을 섞었다. 꽃봉오리는 활짝 피어나는 대신 정지된 채 쪼그라들기 시작했다. 얼어버린 듯, 정지된 채 시간이 흐르고, 꽃봉오리는 제대로 피어보지도 못한 채 죽음으로 향한다. 어쩌면 내년을 기약하며? 하지만 뿌리가 없는걸? 안타까운가? 하지만 봄이 오면 사방이 꽃 천지다. 얼마든지 피어나게 할 수 있다. 얼마든지 꺾어서 커다란 화병 가득 빽빽하게 채워놓을 수 있다. 세영이는 그런 존재에 불과했다. 드물게 독특하고 매혹적인 꽃이지만, 값과 노력을 지불하면 얼마든지 그 비슷한 것을 사다가 꽂아놓을 수가 있다. 그럴 수 있다. 얼마든지. 아니, 그래야 한다.

도대체, 내가 무슨 잘못을 저질렀기는 한가?

9

 인간은 돈 없이 살 수 없다. 다시 말해 돈은 인간을 살게 해준다. 거기에서 마법이 발생하는데 돈을 충분하게 가지면 다른 인간을 살게 할 수 있다. 한 인간에게 다른 인간을 살아갈 수 있게 하는 능력이 생긴다는 것은 다른 인간을 죽일 수 있는 능력이 생긴다는 뜻이다. 즉, 돈이 충분히 적당하게 있는 인간은 다른 인간을 살릴 수도, 죽일 수도 있다. 의사도 살인마도 아니지만 그 둘을 합친 능력이 생긴다. 그에 비하면 돈을 소비에 사용하는 것은 시시한 짓이다. 말 못하는, 영혼 없는 물건들을 집 안에 가득 쌓아놓는 것이 무슨 재미인가? 다른 인간을 지배하는 재미, 살리고 죽이는 게임에 비하면 너무나도 시시하다. 부자들에게 왜 그렇게 많은 돈이 필요할까? 비싼 집을 갖기 위해? 개인 비행기와 요트, 별장 섬을 소유하기 위해? 전혀! 다른 인간들을 보이지 않는 쇠사슬로 묶어 조였다 풀었다 하는 재미, 그 보이지도, 잡히지도 않는 힘이 팔십 살 노인도 젊음을 되찾게 하는 것이다. 영원히 살 수 있을 듯한 가능성이 언뜻 엿보이는 듯도 하고. 투명한 쇠사슬에 묶인 노예의 정신 어딘가에 기생하여…… 영원히…….

헌데 그 영생의 기분을 느낄 수 있는 것이 대단한 갑부들뿐인 것은 아니다. 아주 작은 돈이라도 효율적으로 굴리면 최대한의 효과를 낼 수가 있다.

나는 부자는 아니다.

하지만 나의 어머니는 더욱더 아니다.

즉, 그녀는 내 돈 없이 살 수가 없다.

쉽게 말해, 나는 그녀를 살릴 수도 죽일 수도 있다.

7년 전 돌아가신 아버지는 적당한 돈을 남겼다. 그런데 왜 그렇게 되었을까?

그야 물론 어머니에게로 갈 돈을 내가 가로챘기 때문이다.

너무나도 완벽한 작전이었다. 그때만 생각하면 온몸에 소름이 돋는다. 너무나도 대단했다, 나는.

안타까운 것은 그 대단한 작전을 오직 나와 어머니만이 목격했다는 사실.

너무나도 완벽한 영화의 장면들이 오직 나와 어머니의 머릿속에서만 상영된다.

그 영화를 다른 사람들도 볼 수 있다면, 그들 모두 나의 대단한 능력에 감탄하고, 등줄기에 다다 소름이 돋을 텐데.

하지만 아무도 모른다.

아니 한 명의 관객이 있기는 하다. 바로 어머니. 내가 연출한 대단한 작전의 공동 주연이자 유일한 관객인 그녀. 나와 어머니를 위한 우리 둘만의 영화, 내가 감독하고 연출하고 주연을 맡은 블랙 코미디? 혹은 골 때리게 웃긴 비극? 아니, 성장영화일지도 모르지. 사랑영화일지도!

어쨌든 나의 탁월한 연출력과 어머니의 정신 나간 열연이 합쳐져서 그것은 불멸의 걸작이 되었다. 그 영화를 칸영화제에 상영할 수 있다면! 관객들의 열광적인 박수 세례가 멈추지 않겠지. 그 일은, 그 일을 계획하고 실행한 나는 정말이지 그런 찬사를 받을 만한 자격이 있다.

영화의 첫 신은 그렇게까지 특별하지는 않다. 아무도 긴장하고 있지 않다. 아무 일도 일어나고 있지 않고 평화롭다. 아버지는 좋은 사람이었다. 내가 지금 여기까지 온 데에는 아버지의 힘이 크다. 그것을 인정한다. 아버지는 유일한 자식인 나를 아주 귀여워했다. 나는 충분하고도 적당한 사랑을 받았다. 아버지는 그 나이대 한국 남자치고 진짜 괜찮은 남자였다. 요즘 내 또래에도 그런 남자들은 흔치가 않다. 그런 아버지를 거머쥔 어머니는 진짜 운이 좋은 여자다. 도대체 특출날 것이 하나도 없는 그 여자가 그런 행운을 거머쥐었다는 사실이 나에게는 미스터리. 어머니는 나쁜 사람은 아니다. 한마디로 한없이 무능력한 여자, 동시에 더럽게 운이 좋은 여자. 물론 딱 인생 중반까지만. 자신의 운을 아버지를 만나는 데 다 소모해 버린 덕일까?

그녀의 결정적인 결함은 몸이 약하다는 것이다. 그녀는 그것이 나를 낳은 대가라고 하지만, 거짓말이다. 나에게 죄책감을 안겨주려고 만들어낸 더러운 술책에 불과하다. 오, 지저분한 여자. 그 여자는 아버지가 벌어다 주는 돈으로 살았고, 사춘기 이후에는 내가 집안일을 거의 도맡아 해야 했다. 하지만 불운하게도 아버지는 일찍 뒈져버렸고 대신 나 구원자 알리스가 남았다.

어머니의 유일한 구원자, 알리스!

그녀처럼 허약한 인간은 누군가 돌봐줄 사람이 필요하다. 그런 점에서 아버지는 나빴다. 너무 빨리 죽어버렸다. 그것도 나 같은 인간과 단둘이 남겨놓고 말이지.

그렇게나 건강하셨던 아버지가 픽 쓰러졌을 때, 나와 어머니는 솔직히 어리둥절했다. 너무 황당했던 것이다. 내일이면 다시 하하 웃으며 태연히 회사에 나가지 않을까. 내일 아침, 일어나 문을 열고 나오면 거실에서 직접 내린 연한 커피를 마시며 종이신문을 읽고 계시지 않을까?

일어났니, 좋은 아침, 하고 나직이 말씀하시겠지.

네, 아빠, 잘 주무셨어요. 나는 대답하겠지.

어머니는 여전히 잠들어 있겠지.

씨발.

하지만 다음 날 아버지는 여전히 모 대학병원의 중환자실에 누워 있었다. 다음 날도, 그다음 날도. 오히려 상태가 악화되기만 했다. 어머니는 허약한 정신과 몸을 이끌고 아버지의 간호에 나섰다. 아무런 도움이 되지 못했다. 그녀가 한 짓이라고는…… 울고, 또 울었다. 불면증과 식욕부진에 시달렸고, 정확히 일주일 뒤 그녀 또한 같은 병원에 입원했다.

정말이지 황당했다.

둘은 사이좋게 앓아누워 있었다.

나는 병원 가까운 곳에 원룸을 얻고 병원의 5층과 13층을 오갔다.

아버지의 담당 의사는 나에게 깊은 인상을 받은 듯했다. 열흘 뒤 어머니가 퇴원하실 때쯤, 아버지의 상태가 잠깐 호전되었다.

나는 가슴이 아프지만 아버지에게 병원비에 대해 설명해야 했다. 나는 자연스럽게 아버지의 재정 상태를 완벽하게 파악하게 되었다.

어머니는 퇴원을 했지만 여전히 상태가 좋지 않았다. 나는 어머니에게도 병원비에 대해서 설명했고, 어머니의 재정 상태 또한 완벽히 파악하게 되었다.

아버지의 상태는 다시 나빠졌다. 어머니는 가까스로 버티며, 집과 병원을 오갔다. 그런 그녀는 거의 혼이 나가 보였다. 결국 몇 차례 더 입원해야 했다. 빌어먹을.

한편 나는 놀라운 체력과 정신력으로 어머니와 아버지를 보살폈다. 아버지의 담당 의사는 가능만 하다면 나에게 효녀 훈장을 하사하고 싶어 하는 듯했다.

아버지는 188일을 버텼다. 나 또한 버텼다. 고된 시간이었다. 하지만 잘 견뎌내었다. 나의 작전이 고안되고 실행되며 완성되는 데 딱 좋은 기간이었다.

아버지의 장례식이 끝나고, 치료비와 장례식 비용을 정산하고 난 뒤, 아버지가 남기고 간 돈은 완벽하게 나의 소유가 되어 있었다. 어머니의 명의로 되어 있던 아파트와 약간의 저축 또한 나의 소유가 되어 있었다.

어찌나 완벽했던지!

그 작전이 성공적이었던 가장 큰 이유는, 그 작전이 어머니와 아버지를 간호하는 스트레스로부터의 해방, 일종의 기분 전환의 방식으로 이루어졌기 때문이다. 나 또한 혼이 빠지기 일보 직전이었는데, 그럴 때마다 그 작전의 시간들은 새로운 활력소가 되어주었다. 24시간 그 작전에 매달렸다면 분명히 멍청한 실수를 저질렀을 것이다. 그것은 이성을 유혹하는 것과 비슷하다. 이따금 다가와 치명적인 매력을 선사한 뒤 쿨하게 사라지는 이성에게 끌리지 않기는 어렵다. 반대로 24시간 자신에게 몰입되어 있는 상대에게 누가 빠져들겠는가.

강렬한 자극과 산만함은 유혹의 정석. 그리고, 인간사의 모든 것은 유혹으로 이루어져 있다. 내 말이 틀린가?

나는 매일, 조금씩, 여유롭게 나만의 작전을 실행했다. 아버지가 돌아가시기를 기다리며. 그렇다. 나는 아버지가 돌아가시리라는 것을 알았다.

아니 믿었다. 절대 다시 일어서시지 못할 것이라는 것을 알았다. 아니 그것을 믿었다. 믿고 또 원했다. 나는 간절히 기도하고 또 기도했다. 사랑하는 나의 아버지가 어서 돌아가시기를 나는 매일 기원하고 또 기원했다. 그 기원과 함께 나는 이따금 비밀스러운 작전을 실행했다. 어쩌면 내 인생에서 가장 평화로운 시간이었다. 모든 것은 나의 통제하에 있었다.

마침내 어머니가 집안의 뒤바뀐 경제적 상황을 깨닫는 데는 긴 시간이 필요하지 않았다. 하지만 수긍하고 받아들이는 듯했다. 뭔가 이상하긴 하지만 또 그렇게까지 이상한 일이 아닐지도 모른다고 그녀는 생각하는 듯했다. 하지만 내가 내 명의가 된 서초동의 아파트를 처분하겠다고 하자 어머니는 동요하기 시작했다. 그녀가 뭔가 어떻게 해볼 틈도 없이 재빨리 그 아파트를 팔아치웠다. 그 돈의 일부로 은평구 응암동에 있는 방두 개, 16평짜리 신축 빌라를 전세 내어 어머니를 모셨다. 다시 남은 돈의 일부로 동부이촌동에 있는 33평짜리 아파트를 구입했다. 좀 낡긴 했지만, 한강이 보이는 남향 뷰가 끝내줬다. 나머지 돈은 내 통장에 더없이 안전하게 보관되었다.

이사 가는 날 어머니는 정신이 나가 보였다.

-자주 찾아뵐게요.

나는 어머니를 끌어안고 말했다. 어머니가 몸을 움츠렸다.

-생활비는 매달 15일에 보내드릴게요.

어머니는 아무 대답 하지 않았다.

-왜 대답이 없어? 보내지 말까?

나는 어머니를 놓고, 그녀의 얼굴을 들여다보며 말했다.

어머니의 얼굴이 창백해지며 정신이 살짝 돌아오는 듯했다.

-…….

어머니가 아주 작게 뭔가를 속삭였다. 너무 작아서 불분명한 그 소리는 '악마'라는 단어와 비슷하게 들렸다. 혹은 '아마'일지도. 아마, 악마, 아마도, 악마. 바로 그때 우리 곁을 지나쳤던 이삿짐센터 직원이 그 소리를 들었을까. 들었으면 어떻고 안 들었으면 또 어떤가. 그 뭉개진 단어가 악마면 어떻고 천사면 어떠랴.

　이삿짐센터 직원들은 놀라운 스피드로 이삿짐을 풀고 정리하기 시작했다. 나는 어머니에게 두툼한 흰 봉투를 쥐여주었다.

　-충분히 넣었어요. 이사 비용으로 쓰시고, 남는 돈은 엄마 용돈 해요.

　나는 분노와 혼란으로 가득 찬 엄마를 내버려두고 그곳을 떠났다.

1

 도시는 사람들로 가득하다. 사람들로 동서남북 위아래가 꽉꽉 채워져 있다. 왜냐하면 도시에는 누구라도 올 수 있기 때문이다. 도시는 모두를 초대한다. 도시는 아무나 유혹한다. 그 헤픈 존재는 누구든지 환영한다. 하지만 그렇다고 해서 도시 속 모두가 동일한 것은 아니다. 오히려 반대다. 어떤 인간들의 삶은 쥐보다 비천하고, 애완견보다 불행한 인간들은 부지기수. 그러나 어떤 인간들은 행복하다. 어떤 인간들은 누구보다 자유롭고, 반면 허공에 꽁꽁 묶여 죽어가는 인간들도 있다. 하지만, 알다시피, 모든 것은 마음먹기에 달렸다. 모든 것은 네가 어떻게 하는가에 달렸다는 말이다. 한마디로 죄다 네 탓이라는 말이다.

네 인생이 불행한 것도, 네 인생이 행복한 것도, 네가 산 채로 쪽쪽 빨리는 기분이 드는 것도, 네가 생선 가게로 가득한 천국의 고양이라 스스로 느끼는 것도 전부 다, 너 자신에게 달렸다.

도시에서 가장 쉽고 싸고 안전한 것이 무엇일까? 전기? 물? 택시? 아니, 인간이다. 도시는 인간들로 가득하다고 분명히 말했다. 인간이란 아주 신기한 동물이라서 여러 가지에 쓰일 수가 있다. 여러 가지를 하는 데에 대단히 유용하다. 춤을 추게 할 수도 있고 구구단을 외우게 할 수도 있다. 테러를 일으키는 데 쓸 수도 있고 반대로 멋진 건물을 짓게 시킬 수도 있다. 왜 그럴까? 똑똑하기 때문에? 인간에게 지능이 있기 때문에? Nein! 그들에게 감정이라는 이상한 것이 있기 때문이다. 인간들은 사랑을 하고, 증오를 하고, 질투를, 그리움을 갖기도 하고 야망을 갖기도 하며 그에 따른 일련의 좌절을 겪는다. 하여 훨훨 날기도 하고 하루아침에 고꾸라지기도 한다. 아주 온갖 지랄들을 한다. 하여 온갖 일에 써먹을 수가 있는 요상한 생명체가 되고 마는 것이다. 그런 것들이 도시에는 흘러넘친다. 텔레비전, 에어컨, 버스보다 더 흔해빠졌다. 그것들을 제대로 사용해본 적도 없으면서 인생의 불운함을 한탄하는 것은, 가득 쌓인 생수를 바라보며 목이 말라 죽어가는 것과 비슷한 수준의 멍청함이다.

내 말은, 아돌프 히틀러가 되라는 것이 아니다. 엄청난 부자나 카사노바가 되라는 뜻도 아니다. 그저 아주 평범한 수준에서, 아주, 소박한 수준에서의 삶의 안락함과 편리함, 매일매일의 안전과 기쁨에 대해서 나는 말하고 있다. 알다시피 나는 많은 것을 바라지 않는다. 별다른 큰 욕심도, 대단한 야심도 없다. 나는 오직 지금과 같은 수준의 안락함, 지극히 평범한 수준의 삶, 그 안의 행복을 바란다. 그것이 나쁜 바람인가? 왜? 지극히 상식적인 수준의 요구다. 바로 그런 상식적인 수준의 인생을 위해서 이따금 타인들을 사용하는 것을 겁내지 말라는 것이 지금 내가 말하고자 하는 바다. 알아듣겠나?

잘 들어라. 내가 지금 늘어놓는 말들은 너무나도 중요하고 매일 밤 되새길 만한 이야기들이므로. 누구도 감히 이런 이야기를, 인생에 대한 참된 충고를 전하지 못하는 세태가 안타깝다. 왜일까? 진지한 충고는 대체로 감사함보다는 커다란 분노를 일으키는 법이기 때문이다. 하지만 절대 화를 내지 말고 들어야 한다. 지금 당신이 고통에 시달린다면 그것은 당신의 삶이 잘못되었다는 뜻이다. 그렇게 계속 살아가다가는 엉뚱한 분노를 등에 인 채로 괴상하게 늙어가게 될 것이고 결국 비참한 외로움 속에 죽어가는 결과를 낳고 말 것이다. 얼마나 불행한 삶인가? 모든 타인들이 두려워하고 피하고 싶은 존재로 늙어간다는 것이? 지금 나는 성연우를 떠올리고 있다. 그도 원래부터 그랬던 것은 아니다. 괜찮은 사람이었다, 그도. 괜찮고 참 멀쩡한 사람. 그러니까 내가 연애 상대로 삼은 것이다. 괜찮은 정도보다 훨씬 더 괜찮았다고도 할 수 있다. 그런 사람이 불과 몇 년 만에 저렇게 망가지리라고 누가 상상이라도 했을까? 그랬다면 나 또한 그를 만나지는 않았을 것이다. 문제는 이것이다. 그는 삶의 진실을 받아들이려 하지 않았다. 거부했다. 하여 그의 남은 삶은 어둠으로 가득할 것이다. 이게 다 그의 정신이 가진 허약성 탓이다. 물론 인간들은 대체로 허약한 영혼을 가지고 있다. 극소수가 강철 같은 정신을 지니고 성공에 이른다. 나 또한 그 정도로 강한 인간은 아니다. 나는 나의 분수를, 현실을 잘 안다. 하지만 지극히 보통의 사람으로서 세상에 대한 약간의 기대가 있다. 저 사람, 저 아름답고 행복해 보이는 저 사람이 혹시 드물게 강철 같은 정신의 소유자가 아닐까? 아닐까? 아닐까? 아닌가? 아니네? 아니네, 정말이네, 아니었어……

이렇게 크고 작은 실망들이 내 보잘것없는 인생 여기저기 놓여져 있다. 하지만 다음이 있겠지. 더 밝은 미래가 있겠지. 어딘가에, 강철 같은 영혼의 이데아가…… 있겠지? 그것이 성연우가 아니었던 것은 분명하다. 그는 내 기대와 다르게 다이아몬드나 티타늄 같은 게 아니고 그저 몇 번의 도끼질에 부러져버리는 향나무 같은 존재였다. 단 몇 번의 도끼질! 맞다. 내가 몇 번 도끼질을 했다는 것은 인정한다. 하지만 정말이지 한두 번, 혹은 두세 번에 불과했으며, 게다가 당연히 비유에 불과함. 내가 실제로 내 사랑하는 남자친구에게 도끼질을 했겠는가? 나는 그저 비유적으로, 심리적으로, 상상적으로, 그를 시험해봤을 뿐이다. 일련의 작은 시험들. 대입 수능 이런 수준의 테스트가 아니고, 쪽지시험 같은 것. 즉 나는 그가 나를 얼마나 사랑하는지, 그가 정말로 좋은 사람인지, 테스트해봤을 뿐이다. 궁금하잖아? 이해할 수 있지 않나? 여자인걸. 난, 사랑 앞에서 덜컥 겁이 나는 여자라니까. 결과적으로 내가 그에게 저지른 악행은 없다. 그가 주장하는 모든 것은 본인의 망상이다. 그 어디에 학대의 증거가 있는지? 나는 바람을 피운 적도, 술에 취해 꼬장을 부린 적도, 그의 사생활을 침해한 적도 없다. 그가 스스로 굴러떨어진 것이다. 나의 유일한 잘못이라면 그가 티타늄 재질이기를 바랐던 것뿐. 정말이지 그게 잘못이라면 잘못이다. 하지만 말이죠 여러분······.

2

 평일 오전, 11시 30분 도심의 직장인들이 일제히 길바닥으로 쏟아져 나오기 시작했다. 찍어낸 듯 무섭게 똑같은 인간들의 행렬은 기이한 감동, 아니 오싹한 공포마저 선사한다.
 정말?
 아니 그냥 한번 지껄여봤다. 다음 달까지 마무리해야 하는 원고의 서두로 쓰면 어떨까 싶기도 하고.
 이곳으로 오는 길 택시가 광화문을 통과할 때 쏟아져 나오는 회사원들의 모습은 솔직히 인상적이었다. 빗장 열린 목장에서 우르르 쏟아져 나오는 양떼들을 목격한 기분이랄까? 우르르 몰려나올 때 동물들은 무슨 생각을 할까? 아무 생각도 없겠지, 아마도. 어떤 기분일까? 참 즐거울까? 하지만 바깥은 사방이 적, 사냥꾼, 사기꾼들. 자유란 뭘까? 나는 이렇게 생각한다. 풀려난 양떼를 잡아먹기 위해서 늑대가 만들어낸 양치기를 향한 감언이설. 양떼에게 자유란 뭘까? 늑대에게 잡아먹히기 위한 자유.

세상에는 누군가를 잡아먹어야만 하는, 그런 운명에 처한, 그런 욕망으로 채워진 괴로운 피조물들이 있다. 그렇다면 분명 반대편에는 기어코 누군가에게 잡아먹히기를 원하는, 강자를 위해 희생되기를, 사냥꾼들을 위해 자신의 몸을 내어주고 싶은, 그런 희생적인 욕망으로 가득한 피조물들이 존재하지 않을까? 아니, 그럴 수밖에 없다. 둘은 그렇게 서로 먹고 먹히는 관계로써 세상을 유지한다. 즉, 이쪽과 저쪽 모두 미쳐 있는 것이다. 잡아먹고자 하는 눈이 뻘게진 사냥꾼들과 잡아먹히고자 기를 쓰고 사냥터로 뛰어드는 양떼! 하지만 언제나 희생자들만이 고결하게 그려진다. 오, 가엾은 희생자들. 하지만 그렇게 따지면 가해자들도 가엾기는 마찬가지다. 상어는 상어로 태어나고 싶어서 상어로 태어났겠는가?

약속 시간이 5분 지난 시점 언제나처럼 나밖에 도착한 사람이 없다. 카톡으로 늦는다, 미안하다, 핑계들이 줄줄 쏟아지고, 30분쯤 뒤에야 하나 둘씩 칙칙한 얼굴을 들이대기 시작할 것이다. 그것을 알면서도 나는 언제나처럼 정시에 도착하여 이렇게 쓸데없는 생각들을 늘어놓고 있다. 약속 시간에 딱 맞춰 오고 마는 이 바보 같은 습관은 전혀 고쳐지지가 않는다. (이렇게나 본성은 변화시키는 것이 불가능한 것이다. 알겠는가 양떼들이여?)

지금 내가 앉아 있는 이 카페는 우리 잡지의 편집장인 김지영 선배의 남편 패트릭이 운영하는 곳이다. 그는 서촌 깊숙이 현기증 나게 좁은 골목길의 막다른 끝에 위치한 3층짜리 다세대주택을 사들여 카페로 만들었다. 놀랍게도 흥행에 대성공하여 성수동에다가 분점을 내는 것을 고려하고 있다고 들었다. 친구를 따라 몇 차례 방문했던 모 대기업 집안의 바보 공주가 딱 꽂혀서 할머니한테 조르고 있다나. 운영자금의 대부분은 김지영 선배의 친정집에서 나왔다. 미국 중서부 깡촌 출신의 패트릭은 변변찮은 주립대학에서 영문학을 전공했고, 그곳에서 만난 일본인 여자친구를 따라 도쿄에 와서 10년 넘게 지냈다. 도쿄에서 그는 꽤 잘나가는 영어 아카데미에서 꽤 잘나가는 선생이었다고. 희귀한 자연산 금발과 사기를 당하면 당했지 치지는 못할 것 같은 순박한 느낌의 미드웨스트 악센트가 그의 무기였다. 꽤 성실하기도 했고, 가르치는 일이 적성에 맞기도 했다. 여자친구와의 연애가 권태기에 빠져 있던 시기 그는 도쿄 시내 모 호텔 위스키바에서 김지영 선배를 만났다. 그녀와 패트릭은 서울과 도쿄를 오가며 바람을 피우기 시작했다. 6개월 뒤 패트릭은 일본인 여자친구에게 이별을 고하고 한국으로 왔다. 그는 김지영 선배의 도움으로 강남의 모 명문 사립고 영어과에서 수업하기도 했다. 1년 만에 그만뒀지만. 운 좋은 새끼.

김지영 선배는 결혼 선물로 패트릭에게 서촌에 카페를 차려줬다. 정말이지 운 좋은 개새끼.

카페의 이름은 웨스트빌리지. 카페의 콘셉트와 인테리어는 도쿄의 잘나가는 카페들을 모델로 했다고 한다. 10년간 일본에서 지내는 동안 취향 좋은 여자친구를 따라 도쿄의 쿨하고 핫한 장소들을 배회하는 것이 그의 일상이었다. 알 만하다. 환하게 반짝거리는 금발에 깊은 파란색 눈, 센스 있는 옷차림의 그는 도쿄 시내 어디서든 환영받았을 것이다. 바로 그 점을 그의 여자친구는 미치도록 좋아했겠지. 지금의 김지영 선배처럼.

평일 한낮임에도 불구하고 카페는 젊은 손님들로 가득했다. 최대치로 꾸미고 나온 여자애들과 남자애들은 언제나 바라보기에 흐뭇한 법이다. 나를 꿀꺽 삼켜주세요, 제발……. 예쁘게 뽐내고 있는 진열대 위의 다양한 치즈들, 그러나 한때 박세영만큼 눈길을 잡아 끄는 물건은 없었다. 유통기한이 지난 치즈 인간들은 어떻게 폐기처분되는가? 사실 전혀 관심 없는 주제다.

언제나처럼 K씨가 가장 먼저 등장했다. 약속 시간이 20분가량 지난 시간. 잔뜩 긴장한 표정으로 카페 문을 열고 들어선 그는 나를 발견하곤 비로소 얼굴에 미소를 띠었다.

―일찍 왔네?

―아니요, 방금 왔어요.

―여기 되게 멋있다. 와본 적 있지? 나는 이번이

처음이야.

-아뇨, 저도 처음이에요.

-요즘 젊은 애들이 어디를 다니나 궁금했는데 이곳에 다 모여 있네!

-그러게요.

-주문은 어디서 하는 거야? 셀프야?

-그런가 봐요. 저쪽으로 가시면 돼요. 메뉴판도 그쪽에 있어요.

-그렇구나. 그럼 주문하고 올게!

그는 바닥에 돌처럼 무거운 배낭을 내려놓고 주문을 위해 입구 계산대로 향했다. 계산대 너머에는 이십 대 후반쯤으로 보이는 묘한 매력의 여자애가 있었다. 검은 웨이브 머리가 아주 근사하게도 풍성했고, 약간, 신기하게도, 김지영 선배를 닮아 있었다. 동생인가?

-대낮부터 맥주는 좀 그런가?

K씨가 자리에 앉으며 물었다.

-맥주 시키셨어요?

-응, 내가 좋아하는 게 있더라. 작년에 학회 때문에 뮌헨에 갔을 때 마셨던 로컬 브랜드인데 말

이야. 그건 그렇고…….

그가 나를 향해 몸을 기울였다.

-그 얘기 들었어? 지영이 있잖아…….

-네? 지영 선배가 왜요?

K씨가 좀 더 나를 향해 몸을 기울이더니 내 귀에다 대고 재빨리 속삭였다.

-정말요? 진짜? 설마. 에이, 그럴 리가 없어요. 말도 안 돼. 잘못 본 거 아니에요?

-아니야, 진짜야. 걔가 시력이 아주 좋거든. 양쪽이 1.5야. 절대적으로 믿을 만해.

그에 따르면 패트릭이 바람이 났는데 그 상대가 저기 입구에 있는 김지영 선배를 닮은 웨이브 머리 여자라는 것이다.

-설마……. 근데, 선배, 설마 그래서 오늘 여기에서 만나자고 그런 거예요? 저 여자 보려고?

-야 말소리 낮춰. 다 들리겠다!

-아니 정말, 그래서 그런 거예요?

나는 작게 속삭였다.

-에이 아니야. 절대 아니야.

K씨가 과장되게 손을 흔들었다.

―나는 그냥 여기 와보고 싶었을 뿐이야. 한 번도 안 와봤다니까. 여기 유명하다며? 잡지에도 나왔다며?

―그럼 혼자 와보시면 되잖아요.

―아니, 이런 대단한 데를 나 같은 아재 혼자 쫄려서 어떻게 오냐. 어이구, 저기 지영이 온다.

김지영 선배는 또 다른 편집위원 Y와 함께였다. K씨는 과장되게 손을 흔들더니 갑자기 몸을 휙 돌려 멀리 입구에 있는 그 웨이브 머리 여자를 바라보았다. 여자가 K씨의 눈길을 느끼고 이쪽을 쳐다보았다. 김지영 선배 또한 자연스럽게 그 웨이브 머리 여자 쪽을 바라보았다. 둘은 아주 잠깐 서로를 응시했다. 둘의 눈길에서는 아무것도 읽히지가 않았다.

―오늘은 빨리 모였군!

K씨가 손뼉을 쳤다.

―선배 맥주 시켰어? 술 끊었다며?

김지영 선배가 한심하다는 듯이 K씨를 보았다.

―아니, 줄이겠다는 뜻이었지. 끊다니, 그건 무리지.

-선배님 뭐 드시겠어요? 출출하실 텐데 샌드위치나 간단한 샐러드 같은 것 드실래요?

　Y가 김지영에게 물었다.

　-응, 아니. 커피면 됐어. 에스프레소로 부탁해. 더블. 고마워.

　김지영 선배가 빈 의자 위에 뉴욕 스트랜드 서점의 로고가 프린트된 캔버스 가방을 올려놓았다. 그리고 쥐고 있던 차 키와 지갑을 가방 앞에 올려놓았다. 차 키는 벤츠, 지갑은 에르메스였다. 나와 Y, 그리고 K씨는 동시에 그것들을 쳐다봤다.

　-네 그럼 주문하고 올게요, 선배.

　Y가 입구 쪽으로 향했다.

　-선배 여기 정말 근사하네요. 음악도 너무 좋구. 패트릭은 잘 있죠?

　나는 김지영 선배를 향해 물었다.

　-으응 패트릭, 요새 너무 바빠. 얼굴 볼 틈이 없네…….

　-선배가 여기 차리는 데 많이 관여했나 봐요. 그죠? 그렇지 않다면 이렇게 센스 좋은 장소가 탄생할 리가 없어.

-응? 내가?

-아니에요? 지금 나오는 이 노래도 선배가 좋아하는 노래잖아요?

-그런가? 하지만 이 노래는 너도 좋아하잖니. 근데 선배는 왜 아무 말이 없어요? 힘이 달리시나, 요새?

김지영 선배가 K씨를 보며 옅은 미소를 띠었다.

-야 그럼 나야 이제 항상 힘이 달리지. 하하……. 그런데 말이야 지영아…….

-네, 말씀하세요.

-그게…… 우리 이번 여름 호 주제가 이제…… 뭐더라…….

-미국의 작가들이 사랑한 유럽의 작가들 말씀이세요?

내가 물었다.

-아니 그거 말고 하나 더 있잖아. 포스트PC 시대의 파시즘! 그거에 대해서 말인데.

-포스트PC? 그게 뭐야, 태블릿PC?

김지영 선배가 물었다.

-아니 그거 말고…… 정치적 올바름 이후의 파시즘.

-아…….

김지영 선배가 고개를 끄덕였다. 주문을 마친 Y가 돌아왔다. 그가 K씨를 향해 말했다.

-선배님 저는 그 주제 정말 마음에 들어요. 시의적절하고. 딱 지금 우리가 이 시대에 고민해볼 만한 주제 같아요.

-그런가? 지난번처럼 욕 엄청 먹는 거 아니야?

김지영 선배가 K씨를 보며 말했다. 그것은 지난겨울 '페미니즘 3.0' 특집에서 K의 설득으로 이십 대 젊은 남성들의 입장을 대변한 R씨의 글을 실었다가 엄청난 비난을 받았던 사태를 가리켰다.

-하지만 그 일로 무지하게 홍보가 되었잖아.

K씨가 말했다.

-엄청난 보이콧에 직면하기도 했죠.

김지영 선배가 입구 쪽을 바라보며 말했다. 웨이브 머리 여자가 보이지 않았다.

Y는 양손을 무릎에 얹은 채 경청하는 자세로

가만히 있었다.

-너는 어떻게 생각하냐?

K씨가 나를 향해 물었다.

-음……. 그때는 제가 없었으니 내부 사정에 대해서 전혀 알지 못한다는 사실을 일단 전제하고 말씀드리자면, 한 명의 애독자로서 생각했을 때, 그때는 우리가 조금 섣부른 감이 없지 않았다고 봐요. 하지만 이번 주제는 다르다고 생각합니다. K선배 말이 일리가 있어요. 이 시대의 지적 트렌드에 예의 바르게 수긍하는 것이 우리 잡지의 임무가 아니잖아요? 그 트렌드 자체에 대해서 고민을 하는 그런 공간이…….

-바로 그거야! 내 말이 바로 그 말이라니까!

K씨가 목소리를 높였다. 김지영 선배가 묘한 표정으로 나를 봤다.

-네 생각은 어떠니?

김지영 선배가 이번에는 Y를 보았다.

-역시, 저 또한 찬성이요. 선배님들께서 지적하셨듯이 우리 잡지에게는 우리 잡지만이 갖는 특수한 공간이 필요하다고 봐요.

Y가 지나치게 과장된, 비장한 표정으로 김지영 선배를 보았다. 순간 김지영 선배의 입 끝에 희미한 미소가 맺혔다.

아—.

나는 K씨를 향해 슬쩍 눈길을 보냈다. 그의 탁한 눈이 반짝였다.

—근데 선배 집에서 바로 오신 거예요?

나는 김지영 선배에게 물었다.

—응? 응, 그렇지.

그녀는 주머니에 양손을 쏙 넣으며 대답했다.

—근데 그건 왜 물어?

—아아, 살짝 피곤해 보이시는 것 같아서요.

—응, 내가 불면증이 있잖아.

김지영 선배는 그렇게 대답하곤 Y를 바라보았다.

회의는 두 시간 남짓 더 이어졌다. 중간에 자리를 바꾸어 일식 생선구이집에서 점심을 해결했다. Y와 김지영 선배는 유난히 잘 먹었다.

점심을 먹고 나서 K씨를 따라 인사동에 있는

술집 겸 찻집에 갔다. 한옥을 개조한 가게였는데, 넓은 마당에 테이블이 드문드문 놓여 있었다.

Y는 일이 있다며 돌아갔고, 나, K씨와 김지영 선배는 맥주를 주문했다. Y가 떠난 뒤, 김지영 선배는 눈에 띄게 우울해 보였다. 달라진 그녀의 분위기를 놓치지 않고 K씨가 물었다.

-지영아 많이 피곤하니? 이제 그만 일어설까?

-아니, 나 괜찮은데?

김지영 선배가 대답했다.

-미안하다. 내가 오해했구나.

-됐어요, 사과는 무슨.

그리고 한동안 침묵이 이어졌다. 나는 마당 구석에서 졸고 있는 고양이를 물끄러미 바라보았다.

-인생 진짜 허무해.

김지영 선배가 다시 입을 열었다.

-왜, 지영이 요새 힘든 일 있니?

K씨가 물었다.

-어우 선배 진짜. 말투가 꼭.

-내 말투가 왜?

-꼭 나한테 힘든 일이 있었으면 하는 듯한 말

투잖아.

　-지영이 너 말 참 이상하게 한다. 내가 왜 너의 불행을 바라겠냐?

　-그러게 말이죠! 그런데…… 왜 그렇게 느껴질까, 선배? 요새는 그래. 내 멘털리티가 정상이 아닌가 봐. 세상 사람들이 다 내 불행을 바라는 것 같아. 왜 그런 생각이 들까, 미쳤나?

　나와 K씨는 아무 말도 하지 않았다.

　김지영 선배가 비스듬히 턱을 괴고 하늘을 바라보았다. 천천히 해가 지고 있었다.

　-민희는 잘 있나? 우리 함께 민희 보러 갈까?

3

 세상 사람들이 다 내 불행을 바란다.
 그것은 진실이다.
 어쩌면 세상에 대한 유일한 진실이다. 김지영 선배는 미친 것이 아니라 진실을 말했다.
 좀 더 정확하게 서술하자면, 사람들은 누군가 각별한 타인의 불행을 바란다.
 각별한 타인의 불행을 커튼 삼아 자신의 방에 짙게 드리워진 불행의 그림자를 가리고자 한다.

*

 자랑하기 뭐하지만 내가 가진 진짜 자랑거리는, 혹은 진짜로 쓸모가 많은 재능은 원하는 때에 바라는 만큼 눈물을 흘릴 수 있다는 것이다. 짧고 어색했던 병문안을 마치고 민희의 병실을 나서는 순간에도 내 값진 재능은 어김없이 발휘되었다. 문이 닫히는 순간 순결한 눈물이 양 눈에 차올랐으며, 나는 고개를 푹 숙이고 입을 막은 채 조용히 흐느끼기 시작했다. 그런 나를 복잡한 표정의 김지영 선배가 힐끗 확인했고, 이어 K씨가 내 어깨를 두드렸다. 나는 조금 더 흐느꼈다.

한 달 만에 보는 이민희의 상태는 아주 나빴다. 돌아가시기 직전의 아버지를 떠오르게 하는 바로 꼭 그런 분위기가 그녀를 감싸고 있었다. 서른여섯. 한창 피어날 나이. 한 세기 전이라면 이십 대 중반이 누렸을 젊음을 여전히, 한층 더 여유롭게 즐길 수 있는 그런 나이에 맞이하는 죽음이라니.

이민희의 어머니가 병상을 지키고 계셨다. 그녀는 김지영 선배가 사 들고 온 과일 바구니에서 커다란 배를 골라 정성스레 깎아 플라스틱 접시에 담아 내밀었다. 그녀의 오른쪽 뺨에는 유난히 깊은 주름 하나가 패어 있었다. 그녀가 얼굴근육을 움직일 때마다 그 주름은 물음표 모양이 되었다. 도대체 왜 나에게, 나의 딸에게, 이런 말도 안 되는 불행이 닥친 걸까, 그녀의 주름은 묻고 있는 듯했다.

나와 K씨, 김지영 선배는 병원을 빠져나오는

내내 아무 말이 없었다. 하지만 주차장에 세워놓은 자신의 흰색 벤츠 세단으로 향하는 김지영 선배의 뒷모습은 인사동에서보다 훨씬 더 가볍고 편안해 보였다. 자신의 불행을 가릴 커튼이 넉넉히 마련된 것이다. 그녀는 나와 K씨를 근처 지하철역에 내려주었다. K씨가 지하철역 개찰구로 향하는 나의 팔을 붙잡고 맥주 딱 한 잔만 더 마시자고 어린애처럼 칭얼거렸다. 나는 거절했다.

김지영 선배는 지방 모 국립대에서 영문학과 학부를 졸업한 뒤 우리 학교에서 비교문학 전공으로 석사과정을 마치고 연이어 박사과정을 밟고 있다. 그녀는 지금은 은퇴한, 하지만 한때 꽤 유명했던 보수당 국회의원의 두 번째 부인에게서 본 늦둥이 막내딸이라고 한다. 보통의 비슷한 부잣집 딸들이 미술에 관심을 갖고 뉴욕을 떠돌다가 서울로 돌아와 갤러리를 오픈하는 코스를 택한다면 그녀는 엉뚱하게 문학에 꽂혔고, 아일랜드를 떠돌다가 서울로 돌아와 우리 학교에 석사 코스로 합격된 뒤 독립문학잡지를 출간하기로 결심했다.

고대인도철학을 전공했으며 아무런 미래도 없는 만년 시간강사 K씨, 그리고 몇 년 전부터 채식에 깊이 빠져든 이민희, 그리고 김지영 선배의 대학원 후배라는 멀끔하지만 수상쩍은 Y가 합세했다. 마침내 출간된 창간호는 세련된 디자인과 흥미로운 논의들로 업계 사람들을 놀라게 했다. 성공의 비결은 간단했다. 김지영 선배의 돈과 K씨의 아이디어였다. 잡지는 업계 평균 네 배의 원고료를 필자들에게 지급했다. 한편 K씨는 조증환자에 가까운 아이디어맨이었고, 학계 사람들에 대한 정보가 빠삭했다. 두 사람의 힘이 이상적인 비율로 혼합되자 놀라운 연금술이 탄생한 것이다.

김지영 선배는 매 회의마다 구겨진 막스마라 코트에 에르메스 로퍼를 꺾어 신고 나타나 밑도 끝도 없이 《런던 리뷰 오브 북스》와 《뉴요커》지를 들먹이며 와인을 까다가 홀연히 사라지고는 했다고 한다.

잡지는 엉뚱하게도 백화점의 VIP 라운지나 청담동의 카페에서 종종 목격되었다. 그 뒤에는 물론 김지영 선배의 집안이 버티고 있을 것이다. 혹은 김지영 선배 본인이 차 트렁크 가득 잡지를 싣고 다니며 뿌리는 것일까?

아무튼 지난 몇 년은 김지영 선배의 인생에서 가장 아름다운 시기였다. 망상과 허세에서 출발한 잡지는 의외의 영향력을 갖게 되었고, 화사한 금발의 남편은 패션잡지에 간간이 소개되는 멋진 카페의 오너. 오만하고 자기중심적인, 값비싼 학위와 취향으로 무장한, 게다가 나이도 훨씬 많은 가족들 틈에서 그녀도 이제 자신만의 목소리를 낼 수 있게 된 것이다. 그녀를 대놓고 무시하던 이복 형제자매들은 그녀의 소박한 성공 앞에서 의외로 따뜻한 응원을 보내왔다. 그녀의 잡지를 홍보하고, 패트릭의 카페를 친구들에게 자랑하는 그들의 태도에는 순수한 애정과 호의, 다정함이 느껴졌다. 마치 처음부터 너무나도 사랑해온 막냇동생이라는 듯 그녀를 대하는 가식적인 태도에 김지영 선배 또한 처음에는 약간의 혼란을 느꼈으나, 몇 번의 시행착오를 거치며 그들이 아버지의 피를 물려받은 희대의 명연기자들이라는 깨달음에 도달했다.

잡지에서 그녀의 역할은 처음부터 명확했다. 돈 많은 얼굴마담. 그 역할을 그녀는 열심히 수행했다. 거트루드 스타인과 메리-케이 윌머스, 그리고 캐럴린 베셋케네디 등의 사진을 수시로 들여다보며 그녀 자신의 역할에 어울릴 스타일을 연구했다. 즉, 패션에 엄청난 돈을 썼다. 틈틈이 강의를 들으러 다니고, 박사논문도 준비했다. 필라테스 강습도 필수였고, 잡지 편집회의에도 얼굴을 디밀어야 했다. 즉, 그녀는 엄청나게 바빠졌고, 그 결과 패트릭과의 신혼 생활이 희생되기 시작했다…… 이 모든 상황을 나는 K씨에게서 전해 들었다. 그는 김지영 선배의 일거수일투족을 꿰뚫고 있었다. 마치 연예인 가십이라도 되는 양 그는 김지영 선배의 행적을 사람들 앞에서 떠들어댔다.

-야 김지영이가 어제 사온 와인이 얼마짜린지 아냐?

-지영이가 최근에 바꾼 차가 말이지…….

-지영이 엄마가 패트릭한테 꿔준 돈이 얼마냐면…….

한편 김지영 선배는 K씨를 신뢰했다. 그가 확성기에 대고 자신에 대한 크고 작은 루머들을 떠들고 다닌다는 것을 그녀도 대충 알았다. 하지만 그것을 제외하면 K씨는 쓸 만한 인재였다. 그는 잡지의 실질적인 편집장 역할을 맡고 있었으나 매 호 한두 편씩 꼬박꼬박 싣는 글들에 대한 원고료를 제외하면 돈도 받지 않은 채 무료 봉사를 펼치고 있었다. 그는 돈 문제에 관하여 결벽증에 가깝게 소심했다. 도대체 무슨 돈으로 살아가는 것인가 싶을 정도였다. 하지만 그의 입장에서 김지영 선배의 잡지에 참여하는 것은 충분히 남는 장사였다. 그는 잡지를 실제적으로 좌지우지하는 것이 자신이라는 사실에 크게 만족했다. 두둑한 원고료를 챙겨준다는 소문을 듣고, 여기저기서 찾아와 굽신거리는 가난한, 소위 문화연구자들, 평론가들, 시간강사들, 박사과정생들에게 잡지 명의의 신용카드로 싸구려 스시 세트를 사주면서 덕담을 빙자한 개소리를 늘어놓는 것은 절대 질리지가 않았다. 자신의 프로필 한 켠에 '××잡지 편집위원'이라는 짧은 한 줄이 덧붙는 모양새도 근사했다. 그리고 현실에서 한 뼘쯤 발을 떼고 있는 듯한 김지영의 사치스러운 삶을 엿보는 재미도 쏠쏠했다. 약간의 돈과 이름뿐인 타이틀, 거기에 한 줌의 권력과 자극적인 가십거리를 합치면 하나의 인생을 만족스럽게 끌고 나갈 힘이 생겨나는 것이다. 불행의 정반대. K씨는 진정 행복했다. 아무도 그런 인생을 부러워하지는 않으니까. 아무도 그런 인생이 망하기를, 불행하기를 기도하지 않으니까.

그렇다면 나는? 그 허접한 잡지 놀음에서 내가 얻는 것은 무엇인가? 나 또한 생각 외로 많은 것을 얻고 있었다. 가장 큰 이득은, 사람들에게 내가 K씨와 비슷한 장르의 인물로 여겨지는 것이다. 한 줌의 권력, 가십거리, 약간의 돈과 이름뿐인 타이틀에 만족하고 즐거워하는 한심한, 미워할 가치도 없는 그런 소인배 중의 소인배로 오인되는 것이다. 한마디로, 사람들을 안심하게 만드는 것이다. 그렇게 모두가 안심하고 있는 사이 나는 나만의 즐거움을 좇을 수 있다. 불행을 가릴 커튼 따위, 필요하지도 않다.

가까스로 K씨를 떼어낸 뒤 집으로 돌아온 나는 욕조 가득 물을 받고, 목욕 소금을 넉넉히 녹였다. 따뜻한 물속에 몸을 누이고 크게 숨을 들이쉬자 관능적인 참파카향이 코를 파고들었다. 그 향이 오늘 주위에 가득했던 죽음과 불행의 기운을 모두 걷어 가기를. 내 몸에 달라붙은 더러운 기운들을 오렌지빛 소금이 모두 씻어내기를, 그 모든 나쁜 것들이 내 몸을 떠나 저 먼 곳으로, 세상의 저편으로 물러가기를, 나는 눈을 감고 기도했다.

거실에서 핸드폰 벨소리가 울려왔다.

4

 지긋지긋한 성연우. 머저리, 혹은 세상 둘도 없는 불여우? 핸드폰 너머 들려오는 그의 목소리는 듣기 좋았다. 좀 지나치게 듣기 좋았다. 유난히도 깊고 감미로웠다. 인간에게서 그런 유혹적인 목소리가 울려 퍼지는 것은 한 가지 경우이다. 먹잇감을 코앞에 두고 있을 때.
 성연우의 그날 밤 먹잇감은 박세영이었다. 그의 감미로운 목소리가 박세영이 인사불성의 상태로 자신의 집 거실 소파에 널브러져 있다고 속삭였다. ex의 레퍼토리치고 꽤 공격적이군. 성연우에게 그런 싸움꾼의 기질이 숨어 있을 것이라고 예상치 못했다. 하지만 조금 더 이야기를 나누어보자 그는 꽤 혼란스러워하고 있었다. 박세영이 어떻게 자신의 집을 알고 초인종을 눌렀는지, 어디서 누구와 술을 마시고 저렇게까지 취한 것인지, 저 애를 저 상태로 내일 아침까지 방치해두는 것이 좋은 일인지, 그는 진심으로 난처해하는 듯했다. 혹은 연기일까? 아무튼 나는 내일 아침 일찍 출근해야 한다, 어떻게 해야 할지 모르겠다, 그는 나에게 호소하고 있었다. 뭘까, 이 머저리 붙여우가 나에게 바라는 것이 뭘까? 혹은 박세영이 성연우의 집을 찾아간 이유가 무엇일까 나 또한 궁금했다. 혹시, 싸움을 걸고 있는 것은 성연우가 아니라 박세영인 걸까? 혹은 둘 다일까? 내가 뭘 어쨌기에?

박세영은 자신이 그런 과격한 행동을 했을 때, 성연우가 나에게 연락을 할 가능성에 대해서 자신이 있었던 것일까? 아마도. 성연우는 한때 세상에서 박세영을 가장 아끼는 사람이 나라고 믿었다. 병신. 어쩌면 그래서 나를 엿 먹이려고 이렇게 오밤중에 나에게 연락한 것일까? 그러니까 자신도 꽤 강력한 상대가 될 수 있었다는 것을 뒤늦게 나에게 증명해서 뭘 어쩌려고?

남자들의 아둔함은 처음에는 귀엽고 계속되면 난처하고 결국은 역겨울 뿐이다.

나는 이미 하루의 스케줄로 인해서 몹시 지쳐있었고, 그래서 정상적인 사고를 하는 것이 약간은 힘이 들었다. 서촌의 편집회의에서 이민희 병문안까지 이어진 하루의 일정이 나의 신경을 야만적으로 긁어놓았고, 그래서 나는 성연우가 놓은 어설픈 덫에 자발적으로 기어들어 가기로 결심을 했다는 얘기다.

나는 일부러 조금 야하게 입었다. ex의 도발을 곧이곧대로 이해한 좀 모자란 여자처럼 보이는 것도 나쁘지 않을 것 같아서.

성연우의 23평짜리 아파트, 좁지만 깔끔하고 다정한 느낌의 거실 한 켠에 놓인 겨자색 패브릭 소파 위에 박세영은 곤히 잠들어 있었다. 하늘색의 오버사이즈 아크릴 니트와 얼룩무늬 레깅스 차림이었다. 가슴께에는 성연우가 몹시 아끼는 스코틀랜드산 캐시미어로 만든 두툼한 체크무늬 담요가 덮여 있었다. 포스트-팝아트한 장면. 내가 지금보다 열 살쯤 어리고, SNS를 한다면 무조건 이 장면을 찍어서 올렸겠지. 꼼꼼하게 해시태그도 달아서. 그것은 박세영을 두 번 죽이는 일이 될 것이다. 하지만 나는 지난 세대의 사람, 그렇게 공개적으로 누군가를 엿 먹이는 방식을 꺼린다.

반대로 아주 비밀스럽게 박세영을 재기 불능으로 만들어놓고 싶다. 농담이다. 성연우와 세트로 묶어서 어디 가까운 바다에다가 던져버리면 좋을 텐데. 농담이다. 그렇게 하면 언젠가 둥둥 떠올라 나의 이름을 부르게 될 테니까. 그건 곤란하지 않은가? 나는 이런저런 생각을 오직 머릿속에 펼쳐놓으며 아무 말도 하지 않은 채, 성연우를 빤히 쳐다봤다. 그 또한 아무 말도 하지 않았다.

 -왜 나를 부른 거야?

 마침내 내가 입을 뗐다. 그가 뒷목을 긁적였다.

 -아, 너무 당황해가지고. 정말로 네가 올지는 몰랐어.

 -정말로 올지 몰랐다니, 그게 무슨 뜻이야? 나를 시험해본 거야?

 그가 대답 대신 무안한 얼굴로 나를 보았다. 나는 그를 머리에서 발끝까지 천천히 훑었다. 꽤 괜찮아져 있었다. 전체적인 그의 상태가 말이다. 안 본 지 고작 한 달 만에 이렇게 달라져도 되는 걸까? 아니면 그저 오늘 나의 상태가 너―무 나쁜 건가?

나는 주방으로 향했다. 나란히 놓인 식탁 의자 둘 중 하나에 가방을 올려놓고 카디건을 벗어 걸쳐놓았다. 훤히 드러난 양어깨를 곧게 펴고 남은 의자에 앉았다. 성연우가 나를 따라와 반대편 의자에 앉았다. 나는 모호한 미소를 지은 채 그를 응시했다.

—마실 것 줄까?

그가 나의 시선을 피하며 물었다.

—카페인프리 차 있어?

—찾아볼게.

그가 일어섰다. 나는 가방에서 핸드폰을 꺼냈다. 새로운 메시지나 알람은 없었다. 나는 메일 앱을 클릭하여 이미 읽은 메일들을 모조리 한 번 더 읽었다. 한편 그는 전기포트에 물을 담아 전원을 켜고 싱크대 아래 선반에서 차라는 차는 모조리 꺼내 식탁 위에 늘어놓았다.

—카페인 없는 거, 카모마일이랑 페퍼민트 두 가지밖에 없네. 둘 중 뭐가 좋니?

—오빠랑 같은 걸로 할게.

성연우는 고개를 들어 힐끗 나를 본 다음, 상자

가운데 하나를 골라 열었다. 페퍼민트였다. 그는 티백 포장을 뜯어 머그컵에 넣은 다음, 싱크대 앞에 선 채 물이 끓기를 기다렸다.

거실에서 뭔가 특이한 소리가 들려왔다. 나는 반사적으로 뒤를 돌아보았다. 소리는 잠깐 멈추었다가 다시 이어졌다. 소름 끼치도록 특이한 그 소리는…… 박세영이 이를 가는 소리였다.

나는 성연우를 보았다. 그는 머그컵에 물을 따르고 있었다.

-세영이가 이를 가는 버릇이 있네.

-아, 들었니? 아까도 그랬어. 너 오기 전에도.

나는 성연우가 내민 잔을 받아 들고 티백에 달린 끈을 휘휘 저었다.

-그래서 나를 부른 거야?

-뭐?

-오빠가 먼저 헤어지자고 한 거잖아. 기억나지?

-그에 대한 너의 답은 뭐야?

-응?

-너는 아무 말도 안 했잖아.

나는 한숨을 쉬었다.

-그게 궁금해?

-어, 궁금해.

-내가 말했잖아. 나는 오빠의 의견을 존중해.

그가 피식 웃었다.

-너는 여전히, 아주 여전하구나.

-오빠는 조금 달라진 것 같아.

-제정신을 차린 거겠지.

-무슨 뜻이야?

-너를 만나는 동안 내가 제정신이 아니었다는 뜻이다.

성연우가 도전적인 눈빛으로 나를 응시하며 말했다. 물론 두려워할 필요는 없었다. 그는 나를 향한 분노를 노골적으로 드러내고 있었지만, 그 분노는 그가 나에게 품고 있는 공포의 감정에 비해서는 아주 사소했으므로. 도대체 뭐 때문에 나를 그렇게 두려워하는지 모르겠네.(웃음)

-오빠…….

-정말 모르는 일이야?

-뭘 말이야?

-세영이가 여기 내 집을 어떻게 찾아왔는지, 세영이가 내 집 주소를 어떻게 알게 되었는지, 너는 정녕 아는 바가 없니?

　나는 고개를 흔들었다.

　-정말이야. 모르는 일이야.

　그가 이마를 찌푸리곤 양손으로 뒷목을 문질렀다.

　-오빠 몇 시에 나가?

　-7시 10……분, 15분에 나가면 돼. 근데 너 정말로 세영이가 여기를…….

　-그렇다니까. 내가 어떻게 알겠어. 그 애가 벌이는 일을, 가족도 아니고, 그렇잖아? 그리고 요새 나 세영이랑 연락 안 해.

　-그래?

　-응, 애가 좀…….

　-애가 좀 뭐?

　-그렇잖아. 아니, 그렇다는 생각이 들었어. 나는 솔직히…… 솔직히 말해서 우리 관계가 이렇게 된 것에 세영이 탓도 있는 거 아니야? 오빠가 나를 온갖 말도 안 되는 이유로 의심하고 결과적

으로 우리가 이별을 맞이하게 된 것에, 이 전체 상황에 세영이의 기여가 있는 게 아니야? 이건 내 망상인 건가?

─온갖 말도 안 되는 의심이라…….

그가 탁자를 바라보며 중얼거렸다.

─그럴지도. 망상일지도……. 그럴지도? 온갖 말도 안 되는 의심……. 하지만 전부 다? 모든 것이 망상에 불과하다? 그렇다? 하지만 그렇다면, 저기 세영이가 버젓이 누워 있는 것은 어떻게 설명할까? 이것도 망…… .

─안 되겠다, 오빠. 그만 들어가서 눈 좀 붙여. 세영이는 내가 알아서 할게.

─하지만 도무지 이해가 안 돼! 이 모든 것이 망상에 불과하다고? 진짜?

나는 횡설수설 혼잣말을 늘어놓는 그를 침실로 밀어 넣었다. 그는 순순히 들어가는 듯하더니 침대 코앞에서 반항을 시도했다.

─이게 아니지!

─응?

─이게 다 망상이라고? 너와 내가 망상 덕분에

헤어진 거라고? 말이 전혀 안 되잖아! 전혀 말이 안 되잖아!

-오빠 이러지 마…….

-이러지 말라니? 내가 뭘 했는데? 말해봐! 또 무슨 소릴 늘어놓으려고! 아니, 늘어놓아 보시지? 들어줄게! 해봐!

-제발 그만하자. 오빠, 우리는 이제 끝난 거야.

-뭐가? 뭐가 끝났다는 거야?

-오빠 제발! 제발! 끝났어! 끝난 거야! 우리 관계는 끝났다구! 여기까지라구! 소용없다구! 모르겠어, 정말?

나는 무너지듯 바닥에 주저앉아 큰 소리로 흐느끼기 시작했다. 아주 구슬프게, 처연하게, 정말이지 애처롭게, 완벽하게…….

5

……나는 이불 속에서 그를 껴안았다. 그의 뺨에 키스했다. 그의 입술에 나의 입술을 얹고, 뾰족하게 세운 무릎으로 그의 다리 사이를 천천히 문질렀다. 처음에 그는 저항하는 듯했으나, 아니 저항했다, 꽤나 강하게, 격렬하게, 굳건하게, 하지만 예상대로 무너져 내렸다. 모든 것은 나의 예상대로였다. 그는 흥분한 채 신음 소리를 흘리며 나의 발딱 선 젖꼭지를 쪽쪽 빨고 나의 풍만한 가슴을 주무르기 시작했다. 귀여운 것! 문 너머 거실에서 박세영이 이빨을 가는 소리가 들려왔다. 장면의 완벽한 결말이었다.

6

 핑크색 십자가 무늬 환자복을 곱게 차려입은 어머니는 아주 말짱해 보였다. 반대로 보호자 카드를 목에 걸고 있는 나는 의사가 보면 당장 폐쇄병동에 입원시키자고 결정을 내릴 만큼 상태가 좋지 않았다. 나는 웃었다. 나는 무릎 위에 놓인 왼손의 미세한 경련을 느끼며 말했다. 엄마, 잘 계셨어요. 어머니는 아무 반응이 없었다. 하지만 그녀도 이해하고 있는 듯했다. 지금 우리 상황의 지독한 아이러니에 대해서 말이다. 얘야, 여기가 네 자리란다. 응, 저도 알아요, 우리 자리가 바뀌었네요. 미친년은 정상인처럼 거리를 헤매고 다니고, 정상인은 정신병자가 되어 곱게 환자복을 차려입고 있는 이 웃기는 상황. 이렇게 서로가 서로를 마주 보고 있는 상황이 나라고 즐거운 줄 아시나요? 나도 가슴이 아픈걸요. 엄마의 인생을 보호해드리고 싶은 마음뿐. 이 더러운 바깥세상은, 이 끔찍한 속세는 내가 알아서 할 테니까. 저는 알아서 잘

헤쳐나갈 수가 있지만 엄마는 그럴 수가 없잖아. 한없이 약한 엄마, 평생 아빠 등껍질에 붙어서 겨우 숨 쉬고 살아온 엄마, 엄마한테는 지금 이 자리가, 그 귀여운 환자복이 어울리는걸…….

-약은 잘 드세요?

어머니는 말없이 게스트 라운지 구석에 놓인 커다란 인도고무나무를 바라보았다.

나는 그녀를 끌어안았다. 보드랍고, 다정한 엄마의 품. 가끔 엄마를 찾아온다. 이따금 오늘처럼 지쳐 있을 때, 너무나도 지쳐서 정말이지 말이 되지 않는 기분일 때. 그럴 때, 아주 가끔. 혼란이 내 머리를 가득 채울 때, 그럴 때 엄마를 찾아온다. 그리고 엄마를 끌어안고 엄마의 온도를 느끼고. 아무 저항 하지 않는 엄마. 그러다 보면 문득 내가 양손으로 천천히 목을 졸라도 그녀가 얌전히 있을지 궁금해지는 것이다.

면회를 마치고 의사에게 들렀다. 그녀에 따르면 어머니는 아주 잘 지내고 있다고 했다. 약도 잘 먹고, 잠도 잘 자고, 병원에서 준비한 여러 가지 액티비티들에도 즐겁게 참여한다. 이런 상태가 지속된다면 3개월 안에 퇴원이 가능할 것이라고 그녀는 기쁘게, 하지만 약간은 실망한 듯 말했다.

　혼자 지내시게 된 지 1년 반쯤 지나서 어머니의 상태가 아주 나빠졌다. 물론 나는 그녀를 방치하지 않았다. 부족하지 않게 매달 용돈을 보내드렸고, 매주 한 번씩 만나 뵈었다. 내가 그녀의 집에 찾아가기도 했고, 고급 식당으로 모셔 밥을 먹기도 했다. 어머니는 거부하지 않고 꼬박꼬박 나를 만났다. 아마도 가능하다고 생각했던 듯하다. 나에게 대항하여, 멀쩡하게 잘 사는 것이 말이다. 나름의 야심이자, 나에 대한 복수. 하지만 겨우 1년 반 비텼을 뿐이다. 점점 야위는 얼굴, 관리 안 된 흰 머리카락, 계절과 미묘하게 어긋나는 옷차림, 자주 떨리는 손. 나는 싫다는 어머니를 끌고 정신과를 찾았다. 알코올중독 초기라고 했다. 매일 소주를 종이컵으로 한 잔씩 마시지 않으면 잠이 오지 않는다고 했다. 통원 치료를 시작했다. 6개월 뒤 치료를 종료했다. 어머니는 술을 끊고 정상으로 돌아왔다. 적어도 그래 보였다. 그리고 다시 한 달

뒤, 모 병원 응급실에서 전화가 왔다. 수면제 과다 복용. 깨어난 어머니는 절대 자살할 생각은 없었다고 했다. 그저 수면제에 중독된 것뿐이라고 어머니는 주장했다. 한 알, 두 알, 세 알, 자꾸만 수면제를 늘려가게 되었다고. 그럴 수밖에 없었다고. 왜 그럴 수밖에 없었냐는 질문에 그녀는 답하지 않았다. 그저, 그녀는 자살할 생각이 없었다고, 나를 똑바로 바라보며, 절대로, 죽을 생각이 아니었다고, 그녀는 애원했다. 나는 김지영 선배로부터 비싸지만 평이 아주 좋은 강남의 정신과 의사를 소개받았다. 일주일에 한 번, 어머니의 집으로 가서 어머니를 모시고 병원으로 가서 상담을 받았다. 상담이 끝나면 근처에 있는 고급 한정식집이나 일식집에서 밥을 먹었다. 그리고 다시 어머니를 집으로 모셔다드리고 돌아오면 저녁이 다 되어 있었다. 그것은 매주 수요일, 나의 일과가 되었다.

그렇게 두 달쯤 지났을까 어머니가 치료를 거부했다.

나는 왜냐고 물었다.

-약을 못 먹겠어. 속이 쓰려. 약이 너무 많아.

나는 차 옆자리에 앉은 어머니를 보았다. 눈물이 양 볼을 타고 흘러내리고 있었다.

-약이 너무 많아. 속이 쓰려.

조용히 흐느끼는 어머니의 어깨가 약하게 들썩거렸다.

그날 어머니를 집으로 데려다드리고 나는 다시 병원으로 향했다. 나는 어머니가 치료를 거부하고 있다고 털어놓았다. 의사는 어머니의 우울증이 악화되고 있으며, 치료를 절대 중단하지 말기를 당부했다. 나는 고민했고, 그가 몇 가지 관례적인 조언들을 늘어놓았다. 나는 고민했고, 또 망설였다. 그가 서랍에서 포스트잇을 꺼내 전화번호를 적어 나에게 주었다.

그다음 주 수요일, 나는 다시 어머니를 모시러 갔다. 그날은 택시를 타고 갔다. 어머니를 집에서 모시고 나왔을 때, 빌라 입구에는 구급차가 도착해 있었다. 나는 어머니의 손을 잡고 차에 올랐다. 어머니는 저항하지 않았다.

의사가 추천해준 병원은 일산 근처에 있었는

데, 환경이 아주 좋았다. 시설이 깨끗하고, 환자 수 대비 의사와 간호사의 숫자도 만족스러웠다. 값이 많이 나갔지만, 그것은 중요한 문제가 아니었다. 나는 어머니가 지내시던 빌라를 정리하기로 했다. 근처 부동산에 집을 내놓고, 짐을 정리했다. 처분할 것은 처분하고 남은 것은 스토리지 업체에 맡겼다.

일주일 뒤, 병원으로 처음 면회를 갔을 때 어머니는 만남을 거부했다. 그다음 주도 마찬가지였다. 하지만 그다음 주에는 달랐다. 어머니는 커다란 인도고무나무가 눈길을 끄는 게스트 라운지에 나타났다.

-……나갈 거야.

한참을 침묵하던 어머니가 한 첫마디는 그거였다.

-네?

-나갈래. 여기서 나가게 해줘, 응?

어머니가 내 팔을 잡았다. 바짝 마른 손가락에서 거의 아무런 힘이 느껴지지 않았다.

-엄마…….

-나갈래. 내보내줘, 응?

-엄마는 바깥세상이 두렵지 않아요?

나는 속삭였다.

어머니가 나를 노려보았다. 새빨개진 눈가에 눈물이 가득 차 있었다.

-바깥세상이 안 두려워? 내가 두렵지 않아요, 엄마?

-네가…… 네년이 얼마나 해괴한 짐승인가 그것은 오래전에 눈치를 챘건만…….

잔뜩 억눌려 질질 끌리는 목소리로 어머니가 말했다. 나는 약간의 호기심을 느끼며 어머니를 바라보았다.

-네가 독일에서 4년을 살았다고? 김명훈이라는 친구가 있었다고? 지랄하네! 네가 한국으로 돌아와 온갖 알 수 없는 거짓말을 떠들고 다녔을 때, 아니 네가 갑자기 한국으로 돌아가겠다 호들갑을 떨 때, 그때부터 알았어. 네가 아주 지독히도 위험한 짐승이라는 걸. 하지만 받아들일 수가 없었지. 내 배로 낳은 내 딸이 이렇게 악독한 짐승이라니. 내가 잘못했다. 정말 잘못했다. 그때 따끔

하게 혼을 냈어야 했는데. 네년이 결국 이렇게 사악한 짐승이…… 설마…… 내 배 속으로…… 설마…… 설마…….

-사랑해요, 엄마…….

나는 어머니를 꼭 껴안았다. 나에게 안긴 채로 어머니는 나를 향한 저주의 속삭임을 멈추지 않았다. 그녀는 나를 저주하면서도 내 품에 안긴 채 가만히 있었다. 숨길 수 없이 격렬해진 그녀의 심장박동을 느끼며 나는 마음속으로 말했다. 엄마는 정말로 내가 두렵지 않아요? 나의 유일한 오점, 치부, 살짝 삐져나온 사랑스러운 실밥……. 그런 엄마를 내가 라이터로 지져버리고 싶을 때가 번번이 있다는 것을…… 엄마도 알지 않아요? 엄마, 바깥세상은 당신에겐 너무나도 벅찬 곳이야. 영원히 이곳에 계셔야 해요. 아시죠? 엄마, 사랑하는 내 엄마, 어서 더 많은 약을 처먹고 얼른 뒈져버려.

7

 오, 깜깜한 터널의 끝이 도대체 보이질 않는구나! 어쩌다 이렇게 깊숙이 처박히게 된 걸까! 나는 이어폰 너머로 들려오는 성연우의 쪼다 같은 목소리를 들으며 생각을 더듬기 시작했다. 하지만 너무 많은 카페인, 부족한 잠, 오랜 운전, 침몰하기 일보 직전의 정신적, 신체적 상태가 정상적인 사고를 방해했다.

 -정말 미안한데, 지금 전화를 할 수 있는 상태가 아니야. 다음에…….

 -피차일반이야. 그럼에도 불구하고 물어야 할 이야기가 있어.

 나는 깊은 한숨을 내쉬었다.

 -너 세영이한테 내 주소 알려줬니?

 -오해가 있는 것 같은데…….

 -오해라고?

 -그래, 사실이야. 알려주지 않았어. 세영이가 궁금해하기는 했지만…….

-궁금해했다고?

-한참 전이기는 한데 오빠가 어느 동네 사냐고 물어본 적이 있어.

-그래서?

-얼추 동네만 알려줬지. 미안해. 하지만 상세한 주소를 알려준 적은 없어.

-그런데 어떻게 우리 집을 찾아온 걸까?

-오빠, 난 정말로 짐작이 안 가. 그렇지만 혹시…….

-혹시?

-아니야, 아니야. 잘못된 추측이야.

-뭔데? 말해.

-요새 위치추적 같은 게 쉽잖아.

-그래서?

-나는 그런 데에 지식이 부족해서 잘 모르겠지만, 여러 가지 방식으로 가능할 수가 있잖아. 물론 나는 정말로 상상이 안 돼. 어떤 방식이 가능할지.

-상상이 안 돼?

-응, 전혀…….

-왜 겸손한 척하고 그러지? 너 상상력 좋잖아.

그 좋은 상상력으로, 온갖 창의적인 방식으로 그동안 나와 세영이를 괴롭혀왔잖아.

침묵.

-대답해, 닥치고 있지 말고!

-오빠 왜 이래? 미쳤어?

-너야말로 나한테 왜 이래?

-오빠 정신이 진짜 좀 이상하게 된 거 아니야? 오빠가 불렀잖아, 나를! 오빠가 나한테 연락한 거잖아, 먼저!

-아니야, 아니야, 아니야. 순서가 잘못됐어. 네가 먼저 박세영이를 내 집으로 끌어들였지.

-말 같지 않은 소리 좀 그만해 오빠. 진짜 망상증 같은 것 있니? 이상한 상상이 들어? 그럼 병원에 가. 가서 상담을 받아. 나한테 이러지 말고!

-미친 건 내가 아니라 너야!

빌어먹을, 길이 아주 꽉 막혀 있었다. 성연우의 갑작스러운 전화 덕택에 생각 없이 내비가 가라는 대로 졸졸 따라왔더니 이런 사방이 꽉 막힌 길 한복판에 놓이고 만 것이다. 무자비한 반인간적 테크놀로지 같으니!

-도대체 뭐가 문제야! 내가 섹스도 해줬잖아!

나는 냅다 소리쳤다.

-나랑 자고 싶었던 거 아니야? 그래서 부른 거잖아! 자줬잖아, 그래서! 왜 자꾸 애처럼 칭얼대니? 이제 그만해 제발!

-연기 집어치워. 내가 계속 속고만 있을 줄 알아?

-뭐, 연기?

-그래, 연기 더럽게 잘하네! 연기 박사 납셨구나! 어서 옵쇼!

나는 성연우가 드디어 좀 돈 것 같다고 생각했다. 전화를 끊어야 하나 망설이는 찰나,

-네가 박세영한테 빌려준 책에 내 핸드폰 명세서를 끼워 넣었다며?

젠장, 망설이지 말고 끊었어야 했다.

-그게 뭐! 그게 뭐가 어쨌다고! 게다가 내가 끼워 넣은 거 아니야! 실수로 들어갔겠지! 내가 뭘 어쨌다고!

-네가 안 넣었다고?

-안 넣었어! 난 결백해! 깨끗해!

-그래, 그랬겠지. 하필이면 우연히도 내 핸드폰 명세서가 거기에, 우연히도 자연스럽게 끼어 들어갔겠지, 그렇지?

나는 조용히 신호가 바뀌기를 기다렸다. 하나 둘…… 열일곱, 십팔…… 마침내 초록불, 오케이.

-아아, 기억났어! 왜냐하면 내가 마지막으로 오빠 집에 갔던 날, 헤어지기 전날에 오빠 퇴근하기를 기다리면서 그 책을 오빠네 거실 소파에 앉아서 읽다가 오빠가 와서 중단했는데 봉투에 든 그것을 책갈피로 그만…….

-오, 그렇구나! 그래! 전혀 너의 의도가 아니었구나! 실수로, 우연히, 책갈피 대신 내 핸드폰 명세서를 사용했던 거였구나. 거실 테이블에 널린 게 책갈피 대용으로 쓸 만한 종잇조각들인데 말이야, 하필이면! 그런데 네가 운명적으로 고른 그 책갈피에 내 이름이랑 주소가 떡하니 쓰여 있던 거지! 너는 그 책을 또다시 장난 같은 우―연의 법칙에 의해서 그대로 세영이에게 빌려주고 말았던 거구! 그래, 이해했다! 아주 잘 이해했어!

-흥분을 가라앉히고 내 말을 좀 들어봐, 오빠.

내가 실수로 우연히 그랬다고 쳐. 걔는 왜 그걸 훔쳐봐? 왜 그걸 굳이 훔쳐봐서 오빠 집 주소를 알아내서 찾아가? 걔가 이상한 거야. 내가 아니라. 그렇잖아? 그렇게 생각되지 않아?

-네가 그렇게 만들었으니까.

-뭐?

-네가 박세영이를 그렇게 하도록 만들었다고.

-젠장 미치겠네! 오빠, 그게 대체 무슨 뜻이야? 내가 왜? 내가 왜 오빠한테 박세영이를 보내?

-그거야말로 내가 궁금한 사항이야. 너 왜 그래?

-오빠, 정말이지 그건 비정상적인 오해야. 내가 왜 오빠한테 박세영이를 보내? 걔가 무슨 스파이라도 돼? 오빠 이상한 상상 좀 하지 마, 제발…….

-내가 하는 이상한 상상이 뭔데? 박세영이 네가 보낸 스파이라는 거? 그거 방금 네가 지어낸 거다?

-내가 세영이를 보내서 오빠를 유혹한다는 뭐 그런 상상 하고 있는 거 아니야?

—아아, 그런 거야? 내가 그런 상상을 하고 있는 거구나, 지금? 그야말로 금시초문인데…….

—왜 그런 상상을 해, 오빠? 진짜로 망상중 있는 거 아니야? 환청은 안 들리니? 조현병 초기 증세랑 너무 겹치는데? 오빠 병원을 가, 제발…….

침묵.

—왜, 병원이 무서워? 싫어? 그럼 내가 같이……. 아아 내가 같이 가주기를 바라는 거야? 그런 거구나? 같이 가줘? 내가 그러길 바라, 오빠?

침묵.

—제—발. 그런 이상한 상상을 제발 중단해줘. 나에 대한 오빠의 모멸적인, 반인륜적인 상상을 제발 중단해줘. 오빠는 절대로 나에 대한 그런 위험한 상상의 씨앗이라도 오빠의 마음속에 심으면 안 돼. 그건 죄악이야! 죄악이라고!

침묵.

—제발, 오빠 마음속에 그런 악한 생각들을 키우지 마. 행여 꿈에서라도, 망상 속에서라도! 제발! 나에 대한 공격을 중단해! 지금 당장!

침묵.

-왜 답이 없어? 오빠, 듣고 있어? 지금 당장 나에 대한 공격을…….

풋, 성연우가 비웃는 소리를 냈다.

-방금 웃은 거야? 지금 웃음이 나와? 조현병 그거 심각한 병이야. 오빠도 잘 알잖아? 오빠의 앞날이, 다가오는 미래가 걱정이 돼서 그러는 거야. 게다가…….

-야 까불지 마.

-뭐? 까불지 말라니 그건 또 무슨 말이야?

-너 지금 내가 너한테 먼저 헤어지자고 해서 복수하는 거지, 그렇지?

나 또한 풋, 웃고 말았다.

-웃지 마, 미친년아.

-오빠!

-아아 욕해서 미안. 하…… 난 그저 마지막으로 확인을 하고 싶을 뿐이야. 내가 한 생각이 맞는지. 아니면 그저, 네 말대로 망상에 불과한지. 내가 혼자서 미쳐버린 건지. 아니면. 아니면? 네가 나를 미쳐버리게 만든 건 아닐까? 네가 나를 돌게

만든 건 아닐까? 내가 정말로 미친놈이라서 너에 대한 이상한 생각들을 하는 걸까? 그 미친 생각들을 멈출 수가 없게 된 이유가 무얼까? 내가 한 미친 생각이 뭐냐 하면. 아주 많은데, 그 가운데서 한 가지만 말하자면 네가 박세영이한테 아주 교묘하게 엿을 먹이고 있다는 거야.

-오빠…….

-지금 내가 헛소리를 늘어놓는 거야? 내가 하는 말이 전혀 이해가 안 돼? 내가 미친놈인 거야?

나는 물끄러미, 기가 질린 표정으로 백미러를 응시하다가 천천히 고개를 끄덕였다.

-~~응~~…….

-오 그래, 그 말투! 그 목소리! 보지 않아도 네가 지금 무슨 표정을 짓고 있을지 훤해! 그 눈빛. 그 표정. 그래, 맞아, 그거. 까먹고 있었네. 그 순진무구한 눈빛. 완전히 상처 입은, 슬프게 원망하는 눈빛. 살짝 아둔하게 보이는, 상대방이 아차, 자책하게 만드는 그 눈빛. 그게 너의 트레이드마크지. 그 눈빛에 안 속아 넘어가는 사람을 못 봤어. 너는 모르지? 내가 얼마나 많이 고민해왔는

지. 너에 대해서 정말로 많이 생각해왔어. 너의 아무 문제 없어 보이는 삶, 행적, 말투와 표정, 우아한 태도, 그것들이 얼마나 면밀하고 상세하게 꾸며졌는지, 그 경악할 만한 인공성에 대해서 내가 얼마나 생각하고 또 고민해왔는지 너는 상상도 못 할걸. (넌 내 연구 대상, 즉 내 밥이었다는 얘기다.) 내가 스스로를 얼마나 의심했는지, 스스로를 얼마나 자책했는지. 너의 그 착한 눈빛이 그 언뜻 다정해 보이는 말투가 얼마나 사람을 끔찍한 자학과 죄책감의 세계로 몰고 가는지. 도대체 네가 나한테 왜 그럴까, 나는 생각하고 또 생각했어. 왜 너는 나한테 존재하지도 않는 죄책감들을 선사하는지, 왜 아무 죄도 없는 나를 그런 죄인의 세계로 몰고 가는지. (모르겠니, 알리스?) 왜 나는 자꾸만 자학하게 되는지. 내가 찾은 답이 뭔지 알아? 너 자신이 깨끗해지기 위해서. 너 자신이 죄인인 것을 부인하고, 죄의 흔적을 지우기 위해 너는 스스로가 저지른 범죄의 흔적들을 나한테 선물처럼 줬어. 나는 너의 쓰레기통이 되었지.

너는 네 주변에 있는 존재들을 어떻게 하면 파멸시킬까, 오직 그것만을 고민하는 인간이야. 그것을 내가 눈치채고 말았고, 거기에서 우리의 관계는 종료됐어. 만약 내가 그 깨달음을 디딤돌로 해서 너의 끔찍한 행위에 동참하기 시작했다면, 나 또한 그 지독한 공격들에서 쾌락을 성취했다면, 우리는 좋은 파트너가 되었을까? (아니, 너는 나의 완벽한 희생물이 되었겠지.) 도대체 그런 행위들의 포인트가 뭐야? 정말이지 그 부분을 모르겠다. 너는 똑똑하고 매력적이야. 좋은 학벌을 가졌고, 가난하지도 않아. 얼마든지 뭐든지 할 수 있지. 하지만 너는 네가 가진 것들을 무가치한 짓들에 낭비하고 있어. (너같이 무가치한 인간을 본 일이 없어.) 네가 가진 지적인 능력을 오로지 타인들이 불행하도록, 그 불행을 기원하고 실행하는 데 바치고 있어. 그러는 가운데, 너는 너의 그 악행의 얼룩을, 네 끔찍한 감정과 상상의 찌꺼기를, 증거 없는 범죄의 흔적들을 죄다 나라는 인간 쓰레기통에 처박았어.

너는 언제나 세영이 이야기를 했지. 나는 이

따금 네가 내가 아니라 세영이를 사랑하는 게 아닐까 의심하기도 했어. (박세영이랑 내가 안 잤을 것 같니? 왜?) 왜냐하면 네가 그만큼 세영이한테 집착했으니까. 하긴, 세영이는 매력 있는 애야. 똑똑하고 재능도 있는 것 같아. (알겠니, 알리스?) 재미있어. 어리지. 하지만 여전히 의문이 남아. 그 애가 가진 재능이 그렇게까지 엄청난 것도 아니잖아? 냉정하게 말해서 천재하고는 거리가 멀어. (왜 내가 걔랑 놀아나면 안 돼?) 그 정도는 나한테도 보인다구. (왜, 처음부터 내가 널 가지고 논 거라는 느낌이 들진 않나?) 그냥 적당히 자기가 원하는 인생을 살아가기를 바라는, 다행히 그럴 능력이 있는, 그런 정도의 애로 보여. 그런데 왜 너는 그 여자애를 증오하니? 객관적으로 봤을 때 너보다 여러 가지로 떨어지는 애잖아. 불쌍하지 않아? 뭐가 그렇게 싫어? 왜 자꾸만 이상한 길로 몰고 가? 그리고 왜…… 그런 기분 나쁜 일에 자꾸 나를 끌어들여? (자, 따져봐, 알리스. 네가 이긴 것 같아, 진 것 같아?)

하나하나 차근차근 따져보라구.

네가 성연우를 가지고 논 것 같아, 아니면 그 반대인 것 같아?

 -오빠……?

 -아아 욕해서 미안. 하…… 난 그저 마지막으로 확인을 하고 싶을 뿐이야. 내가 한 생각이 맞는지. 아니면 그저, 네 말대로 망상에 불과한지. 내가 혼자서 미쳐버린 건지. 아니면. 아니면? 네가 나를 미쳐버리게 만든 건 아닐까? 네가 나를 돌게 만든 건 아닐까? 내가 정말로 미친놈이라서 너에 대한 이상한 생각들을 하는 걸까? 그 미친 생각들을 멈출 수가 없게 된 이유가 무얼까? 내가 한 미친 생각이 뭐냐 하면. 아주 많은데, 그 가운데서 한 가지만 말하자면 네가 박세영이한테 아주 교묘하게 엿을 먹이고 있다는 거야.

 침묵.

 -지금 내가 헛소리를 늘어놓는 거야? 내가 하는 말이 전혀 이해가 안 돼? 내가 미친놈인 거야?

 나는 물끄러미, 공포에 질린 표정으로 백미러

를 응시하다가 천천히 고개를 끄덕였다.

 -어…….

 -하지만 생각해봐. 박세영이가 그렇게 술에 꼴아서 찾아오고, 나는 너에게 연락할 수밖에 없었다구……. 눈을 떴을 때, 박세영이 화장실에서 토하는 소리가 들려오고……. 씻고 나온 세영이랑 마주 앉아 토스트를 씹어 먹다가 문득 깨달았지. 박세영과 나, 여기 이렇게 마주 보고 앉은 우리 두 쪼다는 너의 밥이었구나. 네가 박세영의 연락을 피한다는 이야기를 들었지. 마지막으로 네가 그 아이에게 준 것이 니체의 『선과 악을 넘어서』, 그리고 거기 끼워진 내 핸드폰 명세서. 솔직히 모르겠어. 네가 무슨 생각을 하는 건지. 네가 무슨 장난을 벌이는 건지. 하지만 확실한 것도 있다. 너는 분명하게 의도적으로 박세영이와 나를 괴롭히고 있다는 것. 그리고 이 생각이 망상은 절대 아니라는 것. 증거는 없어, 물론. 하지만 명확하게 있기도 해. 바로 나, 나의 망가진 삶이 증거야. 박세영이는 학교를 휴학했다던데. 물론 거기에 너는 전혀 개입하지 않았어. 너는 세영이가 휴학을 했다

는 것 자체를 모를 수도 있어. 하지만 이게 전부 다 너의 의지 덕분이라는 것, 너의 미친 장난 덕분이라는 것을 안다. 그 장난을 빼면 너는 시체지. 아무것도 없어. 아무것도. 너는 영혼이 없어. 이해해? 젠장 어떻게 이해하겠어, 영혼이 없는데……. 너는 완전히 제로야. 완전히 텅 빈…… 이건 마치…… 귀신 들린 허수아비가 사람 행세를 하는 꼴! 거기에 속아 넘어간 내가 쪼다지. 진짜 병신 쪼다머저리 같은 놈이다. 하지만 이제는 알아. 너의 정체를. 확신할 수 있어. 너의 실체를……. 이제 나는 너의 실체를 안다…… 이제 나는…… 너의 .

어느새 전화는 끊겨 있었다. 내가 끊은 건지, 그가 먼저 끊은 건지 신기하게도 기억이 나지 않았다. 방향과 목적을 초과하여 차를 몰았다. 어딘가로 향하는 것이 아닌 반복되는 시뮬레이션 게임 속에 들어 있는 듯한 느낌, 묘한 어지럼증에 천천히 사로잡히는 몽롱한 정신에 100퍼센트 몸을 맡기고, 현실과 게임, 관념과 운전대가 뒤섞이는 극히 위험한 찰나, 때맞춰 나타난 warning sign, 흐릿하게 녹아드는 햇살 속 뿌연 먼지를 뚫고 요염하게 빛나는 사이렌의 로고에 이끌려 스타벅스 앞에 차를 세웠다. 그런데 사이즈의 아이스아메리카노를 단숨에 비우자, 살짝 정신이 돌아왔다.

차에 시동을 걸었다.

뷔히너, 「보이체크」의 한 구절을 읊으며 아파트 주차장으로 들어섰다. 달려라, 달려 백마야……. 달려라, 그래 달려라 이 악마 새끼야……. 주차장에 차를 세우고 집으로 들어올 때까지 아무도 마주치지 않았다. 그것은 다행이었다. 누군가 마주쳤으면 죽여버렸을 테니까. 그렇다. 나는 극심한 혼란에 빠져 있었다. 집에 들어서서 곧장 주방으로 향했다. 찬장에서 위스키를 꺼내 머그컵에 넘치게 따랐다. 꾸역꾸역 독주를 목구멍에 밀어 넣고 화염 같은 자극이 식도를 타고 위장에 이르는 것을 느끼며 침대 위로 고꾸라졌다. 식은땀에 촉촉이 젖은 이마를 향긋한 베개에 문질렀다. '모르겠니, 알겠니, 알리스?' 불길한 속삭임이 귓가를 파고들었다. 나는 양손으로 귀를 꼭 막은 채 주기도문을 외우기 시작했다. '……우리를 시험에 들게 하지 마시고…… 다만 악에서 구하소서…… 다만 악에서…….'

8

 커튼 사이로 희미한 빛이 새어 들어오고 있었다. 이른 저녁인지 아니면 하루가 훌쩍 지난 새벽인지 알 수가 없었다. 서서히 깨어나며 가장 먼저 느껴진 것은 입안을 채운 역겨운 구취였다. 이어 온몸을 옥죄는 근육통이 인지되었고, 나는 살충제로 샤워한 지렁이처럼 고통스럽게 꿈틀대며 눈을 떴다. 침대맡에 누군가 서 있었다.

 부스스한 머리카락, 작고 마른 신체, 이상한 눈빛의…… 세영이었다.

 ―박세영!

 나는 벌떡 일어났다.

 박세영은 아이보리색 드레스 차림이었다. 겹겹의 레이스로 이루어진 풍성한 드레스 자락이 방 입구까지 늘어져 있었다. 저런 드레스는 도대체 어디에서 구했담! 역시 대단한 박세영!

 ―세영아!

 나는 또 한 번 소리를 질렀다. 박세영은 말이 없

었다.

 귀신인가? 설마 죽었나? 자살? 어떻게 내 집에 들어왔지? 아무 집에나 마구 쳐들어가는 것이 박세영의 숨겨진 괴벽이었나?

 나는 그녀를 자세히 뜯어보았다. 그녀는 멀쩡히 두 눈을 뜨고 있었으나 거기엔 아무 감정이 없었다. 나는 망설이다가 손을 뻗어 그녀의 손목을 잡았다. 그것은 생각보다 더 가볍고 또 뜨거웠다. 나는 세영이를 안아 침대 위에 앉혔다. 그녀는 가만히 내 손길을 따랐다.

 ―기다려봐. 물 가져올게.

 나는 부엌으로 가서 서랍을 뒤져 소화제 두 알을 꺼내 물과 함께 삼켰다. 새 물잔에 물을 받아 다시 방으로 돌아오자 세영이는 침대에 조용히 앉아 있었다.

 ―세영아?

 대답이 없었다. 나는 양손으로 물잔을 쥔 채 세영이 옆에 나란히 앉아 같은 침묵 속으로 빠져들었다. 졸음이 쏟아졌다. 너무너무 졸려서 아무래도 상관없다는 생각이 들었다. 나는 물잔을 탁자에 올려두고 세영이를 침대에 눕힌 다음 나도 그 옆에 누웠다. 그리고 그녀를 끌어안고 곧장 잠에 빠져들었다.

다시 깨어났을 때, 세영이는 내 옆에 없었다. 그녀는 침대맡에 선 채 나를 내려다보고 있었다.

-깜짝이야!

나는 세영이를 침대에 앉히고 물잔을 내밀었다.

-아침 먹을래? 아니, 점심인가? 저녁은 아니겠지…….

세영이는 대답이 없었다. 나는 한숨을 쉬고 방을 나섰다. 냉장고에서 드링킹요거트를 두 개 꺼내 식탁 위에 올려놓고 그녀를 불렀다.

-야, 박세영. 나와.

놀랍게도 그녀가 반응을 보였다. 그녀는 천천히 방을 빠져나와 부엌으로 들어왔다.

-야, 제발, 좀.

나는 그녀 쪽으로 몸을 기울이고 속삭였다.

-이제 제발 내 인생에서 꺼져줄래?

그녀는 응답 없이 나를 보았다.

-이제 그만하자, 응? 지겨워. 재미없다구. 내가 조카뻘인 너랑 언제까지 이런 조잡한 선생 제자 롤플레잉게임을 해야겠니? 내가 그렇게 한가해 보여? 나는 너한테 가르쳐줄 것이 없어. 사실 가르쳐줄 것이 하나도 없다구!

　나는 진지한 표정으로 세영이를 봤다.

　-없다니까. 네가 나한테 빼앗아 갈 것은 아무것도 없어. 너는 속은 거라고!

　나는 잠시 생각한 뒤 말을 이었다.

　-혹시 성연우가 보낸 거니?

　나는 요거트의 뚜껑을 따 한 모금 마셨다.

　-그렇다고 해도 별수 없어. 너는 성연우한테도 속은 거네. 나한테 속아 넘어간 것처럼. 완전한 호구 박세영. 그래도 너무 화내지는 말아줘. 너도 그동안 재미 좀 보지 않았어?

　박세영은 여전히 아무 반응이 없었다. 나는 그녀를 바라보았다. 그녀 또한 나를 바라보았는데 나를 바라보는 그녀의 눈빛이, 마치 나를 불쌍히 여기는 듯했다. 그 싸늘하며 따뜻한, 그 이상하게 온기 어린 차가운 눈빛이 나를 꿰뚫었다. 앗, 비로소 나는 깨달았다. 그녀는 박세영이 아니었다. 악마였다. 악마가 나를 찾아온 것이다.

-왜 악마가 나를 찾아온 거지?

나는 벌떡 일어나 방으로 뛰어들어 갔다. 그리고 문을 잠그고 뒷걸음질쳐서 침대에 걸터앉았다. 그대로 침대에 앉아 잠긴 문을 바라보다가 문득 이상한 느낌이 들어 뒤쪽으로 고개를 돌리자 박세영이 침대 위에 선 채로 나를 내려다보고 있는 것이 아닌가?

나는 괴성을 질렀다.

-그만해! 이 악마!

나는 일어나 문 쪽으로 도망쳤다. 박세영이 나를 향해 다가왔다.

-오지 마! 이 악마야! 오지 마!

박세영이 내 앞에 선 채 박애로운 미소를 짓더니, 손을 뻗어 내 손을 잡았다.

-하지 마! 하지 마! 만지지 마!

나는 다시 도망쳐 창가로 향했다. 다시금 박세영이 나를 향해 다가왔다. 그녀가 세상에서 가장 다정한 표정을 짓고 있는 자신의 얼굴을 나를 향해 들이댔다. 나는 비명을 지르며 날뛰다가 넘어지고 말았다. 넘어진 내 몸 위로 박세영이 자신의 몸을 얹었다. 나는 박세영에게 짓눌린 채 발악하듯 비명을 지르다가 정신을 잃었다. 다시 눈을 떴을 때, 나는 침대 위, 두툼한 거위털 이불 속에 들어 있었다. 박세영은 보이지 않았다.

9

옛날 옛적 에미넴이 말하길,[2]

When I just a little baby boy
My momma used to tell me these crazy things
She used to tell me my daddy was an evil man,
She used to tell me he hated me
But then I got a little bit older
And I realized, she was the crazy one……

아니 잠깐, wait!

틀렸어!!!

다시다시다시,

---

2 Eminem, 〈Kill You〉, 《The Marshall Mathers LP》, 2000.

When you just a little baby boy

Your momma used to tell you these crazy things,

She used to tell you your daddy was an evil man,

She used to tell you he hated you

But then you got a little bit older

You realized, she was crazy, too

So,

Your dad was evil and so was your mom

They both were crazy

They both were insane

Both are evil

Both are monstrous!

You know what I mean?

You must kill them all

Kill them all! YES! Kill them all!

You know why?

Because everyone is crazy no one will help you

everyone just wants to kill you!

Kill you, bitch!

Understand?

I'll kill you bitch!!!!!

I'll kill you! I'll kill you! I'll kill you! I'll kill everybody on earth! Everyone! No exception! I'll kill all of you! All of you! Fucking kill you!

죽어! 죽어! 죽어! 죽어!

죽어! 죽어! 죽어!
죽어!
죽어! 죽어! 죽어! 죽어!
죽어! 죽어! 죽어! 죽어!
죽어! 죽어! 죽어! 죽어!
죽어! 죽어! 죽어! 죽어!
죽어! 죽어! 죽어! 죽어!

죽어! 죽어! 죽어! 죽어!
죽어! 죽어! 죽어! 죽어!
죽어! 죽어! 죽어! 죽어!
죽어! 죽어! 죽어! 죽어!
죽어! 죽어! 죽어! 죽어!
죽어! 죽어! 죽어! 죽어!
죽어! 죽어! 죽어! 죽어!
죽어! 죽어! 죽어! 죽어!
죽어! 죽어! 죽어!

죽어!

죽어! Kill you! Kill you! 죽어! 죽어! 죽어! 죽어! 죽어! 죽어! Thanks dad! I killed you! Thanks mom! I'm gonna kill you! Thanks everyone! I'll kill all of

you mother fuckers! I'm gonna kill you all the people in the world! All! All of you! I'll kill you…… kill you k iiiillll you……
K …………… I ……………… L ………… L …………
K…………I…………L…………L……………
죽인다고! 죽어! 죽어! 죽어버려! 전부 다 죽어버려! 죽어! 죽어! 죽어버려! 전부! 전부 다! 전부!

10

나에게는 랭보의 이름으로 된 책이 10권 정도가 있는데 그것들은 번역도, 편집도, 언어도 제각각으로 언제 어떤 것을 꺼내 읽어도 색다르다. 그 젊은 시인의 언어는 나에게 큰 힘이 되어준다. 거짓말이다. 나에게 큰 힘의 존재는 필요치 않다. 나는 그 큰 힘 자체다. 나는 도시의 인간이다. 나는 두려울 것이 없다. 거짓말이다. 나는 더없이 현대적인 덧없는 인간에 불과하다. 적당히 산만하고, 적당한 만족과 적당한 불만족의 사이에서 흔들리는 평범한 인간. 거짓말이다.

도시의 인간들은 죄다 특별하다. 모두가 예외적이며, cutting-edge, 바로 그 점에서 우리는 우리 스스로가 도시인들이라는 사실을 자랑스러워한다. 도시에서, 모든 형태의 유행이 출현하고 만개하며, 거대한 회오리바람처럼 빠르게 돌며 모든 것을 파괴하다가 사라지는 광경 앞에서 우리 인간들은 압도된다. 그것이 바로 도시의 힘.

즉, 도시에서는 모든 것이 일시적. 심지어 아이를 출산하는 산모조차, 출산되는 아이조차 딱 하루의 영광을 손에 넣을 뿐이다. 도시에 미래는 없다. 거짓말이다. 딱 하루의 영광을 위해서 태어난, 아이들, 거리, 건물들, 창문, 벽과 벽지, 바닥과 의자와 책상, 딱 한 시간짜리 명성을 위해서 존재하는 패션, 자동차들의 행렬, 주말의 행렬, 알록달록한 빛깔의, 그 현란한 광기. 딱 10초짜리 광란. 에스프레소 한 샷, 딱 1인치로 늘어선 코카인 가루, 혹은 한 잔의 싱글몰트 위스키. 10초짜리 지옥. 1초짜리 안도. 찰나의 깨달음과 환희.

　사회의 규칙, 소위 도덕과 그것을 지껄이는 말들 또한 찰나에 지나지 않는다. 제기랄! 순간의 감탄사와 제스처, 웃음소리, 섬광처럼 반짝이는 찰나의 눈빛 안에 도시인들은 모든 것을 담는다. 그것은 유행조차 형성해내지 못한다. 아주 잠시 아주 작은 공간을 채우는 시간의 잔해의 흔적들. 그런 것에 휘둘리는, 매료되는 인간들이라면 죄다 시골쥐들이다. 도시인들은 절대 속지 않는다. 거짓말이다.

나의 망상들, 나의 흔하디흔한 망상들, 그러니까 나의 예외성, 나의 특별함, 나의 광기, 나의 독특함 그 모든 것이 도시에서는 평범성으로 전환된다. 하여 나와 같은 괴물이 평범한 소시민이 되는 마술! 이보다 더한 마법이 어디 있을까. 바로 그 점에서 나는, 나만의 평범하되 특별한, 특별함 속의 평범함 속의 특별한 인생을 살아간다. 아무도 죽지 않는 사냥, 피가 없는 전쟁, 그런 것은 그저 망상이고 요설일 뿐인가? 아니 누군가는 보이지 않는 병에 시달리고, 보이지 않는 공포 속에 미쳐간다. 그들이 정신병원을 가득 채우고 있지 않은가? 정신병, 그것은 자랑스러운 도시의 산업이다.

내가 인생의 진리를 깨달은 것은 그러니까 아홉 살 때, 잔인하고 권태로운 프랑크푸르트의 봄. 나 아주 잘나가는 알리스, 동양에서 온 신비로운 공주 알리스 청의 시기가 있었던 것은 정말이지 거짓말이 아니다. 완전히 나사가 풀려버린 엄마가 증명해줄 것이다. 그리고 이제는 재가 되어 비취색 항아리에 담겨 계신 나의 사랑하는 아버지. 그리고 거기에는 분명히 피터 슐츠가 있었다. (그는 살아 있다. 거짓말이다.) 그는 나의 이야기 속에서보다 훨씬 더 절망적이었다. 완벽한 구제불능, 동양에서 온 저능아. 그가 어떤 방식으로 그 모든 절망을 돌파하고 IBM 런던 지사의 전도유망한 파트너가 되었는지, 그의 어머니 마리아 씨는 어떤 신비로운 매력으로 토마스 슐츠 씨의 차가운 가슴을 끓게 만들었는지, 이 모든 조각난 소셜미디어 정보들이 무엇을 가리키는지, 덧붙여, 이따금 알프스산을 떠나 가끔씩 인간 세계에 출현한다 알려진 사악한 요정 크리스티나의 매력으로 가득한……

(정말이지 지금의 나는 혼란스럽다. 이따금 대단한 혼란에 빠지고 만다.)

그날, 기념비적으로 아름다운 햇살과 따스한 5월의 바람이 나를 미치게 만들었던 날, 반년에 걸쳐 정확하게 쌓아 올린 나의 명성과 매력들이 고작 3일 전에 전학 온 흑마녀 크리스티나를 통해서, 1945년 2월 13일에서 15일까지의, 악명 높은 드레스덴 폭격을 연상케 하는 완벽한 파괴 속에서 한 줌의 재가 되어버린 것을 용서할 수 없었다. 나는 어렸고, 나의 높은 자존심에 상처를 입었던 것이다.

교실에 도착하자 작은 책상 하나에서 노랑머리 남자애가 고개를 파묻고 질질 짜고 있었다. 크리스티나의 또 한 명의 희생자가 분명했다. 나는 반사적으로 그녀를 찾았다. 예상대로 그 애는 완벽한 천상의 악마 같은 황홀한 자태로 앉아 독서를 하고 있었다. 독서라니! 깜찍한 그 애는 마치 독서의 천사, 독서 세계의 여황제 같았다. 독서라니! 나는 그 애만큼 우리 반에서 독서에서 거리가 먼 인간이 없다는 것을 잘 알고 있었다. 그 애의 지능은 무조건 나보다 낮았다. 하지만 그 애의 동물적인 매력은 71년 월남의 그림 같은 해변을 불태우는 네이팜탄처럼 교실을 통째로 불태우고 있었다.

나는 세상에 그런 파괴적 광기가 가능하다는 것을, 알록달록 보석 같은 꼬마 녀석이 그런 것을 창출해낼 수 있다는 것을, 인간 세계의 그런 기이한 면모를 그때 처음 알았다. (그만한 깨달음은 이후 없었다. 나의 정신세계는 그때 완성되었다.)

물론 나는 너무 어리고, 꽤 나이브했으므로 냉정한 절대 진리에 대한 저항을 시도했다.

-명훈!

나는 그동안 지능적으로 피하고 있었던 우리 반의 공식 머저리 김명훈을 불렀다. 그것도 한국 말로. 나의 친애하는 친구들 레나와 마티아스는 물론 깜짝 놀랐다. 하지만 가장 놀란 것은 김명훈이었다.

-엄마가 너 주라고 사과 줬어. 자!

나는 가방에서 꺼낸 탐스러운 빨간 사과를 그 애한테 내밀었다. 그때쯤 모두의 이목이, 심지어 크리스티나조차 책에서 얼굴을 떼고 우리 쪽을 보고 있었다.

명훈이는 거절했다. 독일어로.

-아니야, 괜찮아.

-아니야, 먹어, 너 주려고 가져온 거야.

나는 다시 한국어로 주장했다.

명훈이가 고개를 흔들었다. 나는 몹시 난처해졌다. 나는 명훈이의 책상 위에 사과를 올려놓았다.

-그러면 여기 놓고 갈게. 먹고 싶을 때 먹어.

-안 먹어! 가져가!

명훈이가 독일어로 소리쳤다.

나는 못 들은 척하고 자리로 돌아왔다. 교실 안의 모두의 시선이 나와 명훈이를 향해 있었다. 크리스티나조차. 나는 크리스티나를 향해 아주 작게 미소 지었다.

그날은 아주 차분하게 흘러갔다. 우리 반 남자아이들의 크리스티나를 향한 광기 또한 약간 가라앉아 있었다. 나는 굉장히 만족스러웠다.

다음 날 학교, 미묘한 공기가 교실을 채우고 있었다. 원래 내가 항상 앉던 자리에 다른 여자애가 앉아 있었다. 내가 그 자리 주위를 빙빙 돌며 혼란스러워하는 것을 눈치챈 여자애가 나를 보더니 턱끝으로 어딘가를 가리켰다. 거기 빈자리가 있었다. 김명훈 옆자리였다. 우리 교실의 모두가 무슨 수를 써서라도 피하고 싶어 하는 그 자리. 나는 주위를 돌아봤다. 아이들의 표정이 싸늘했다. 나는 조용히 그 빈자리에 가서 앉았다.

점심시간 직전에 자리로 돌아왔는데 책상에 쪽지 하나가 놓여 있었다. 나는 펼쳐서 읽었다. 거기에는 보라색 펜으로 "8월의 파리처럼 더러운 년"이라고 쓰여 있었다. 나는 얼른 쪽지를 닫고 주위를 돌아봤다. 크리스티나에게 시선이 닿았다. 그 애는 노트에 뭔가를 적고 있었는데, 보라색 펜을 쥐고 있었다. 그 애가 나를 돌아봤다. 그리고 아주 살짝 미소 짓더니, 노트를 덮고 옆자리 남자애의 필통에 그 보라색 펜을 넣었다. 그리고 다시 차분하게 독서를 시작했다. 그 애는 청소년용으로 편집된 라퐁텐의 우화집을 불어 원서로 읽고 있었다. 천하의 개쌍년!

나는 고뇌했다. 쪽지의 내용에 대해서. 더러운 8월의 파리라는 비유는 나에게 아주, 낯설었다. 그리고 그 외에도, 그날 교실의 분위기는 많은 것들이 몹시 낯설었다. 나는 명훈이를 봤다. 그 애는 자신의 손바닥을 들여다보고 있었다. 아주 자세히, 아주 찬찬히. 나는 내 손바닥을 펴고 살펴봤다. 아무것도 눈에 띄는 것은 없었다.

정확히 그날이었다. 내 세계를 밝히던 찬란한 햇살이 빛을 잃은 것은.

그날 밤 나는 돌아오는 12월 한국으로 돌아가는 아빠를 따라서 나를 포함한 우리 가족 모두가 무조건 한국으로 돌아가야 한다고 주장했다. 그것은 그간 내가 주장해온 것과 정반대의 내용이었다. 나는 온 가족이 무조건 프랑크푸르트에 남아야 한다고 주장하고 있었다. 갑자기 바뀐 나의 태도에 대해서 아빠는 처음에는 어리둥절해했으나, 결과적으로 몹시 기뻐했다. 그간의 슬픔으로 절여진 아빠의 모습은 사라졌다. 나는 아버지를 생각하는 사려 깊은 효녀가 되어 있었다. 한편 어머니는 그렇게 쉽고 단순하게 기뻐하지 않았다. 그녀는 본능적으로 내가 학교에서 무슨 나쁜 일을 당했다고 (했거나) 느꼈고, 선생님을 찾아가 상담을 하기도 했다. 물론 선생님은, 모든 선생님들이 그렇듯이, 자기 반 아이들의 사정에 대해서 전혀 몰랐다. 어머니는 아무것도 알아내지 못했다. 하지만 나는 어머니의 그 행동에 엄청나게 분개했다. 나는 그녀를 경계하기 시작했다.

남은 몇 달 동안 나는 명훈이 옆자리를 지켰다. 하지만 우리는 전혀 친해지지 못했다. 아니, 그럴 생각이 전혀 없었다. 나는 조용히 지냈다. 매혹적인 알리스는 아주 지루해졌다. 한편 농익은 아말피 해변의 태양과 장엄한 알프스의 빙하를 동시에 닮은 크리스티나의 악마적인 매력이 우리 세계를 집어삼켰다. 그녀의 광기가 날씨에 따라, 햇살의 밀도에 따라 시시각각 변화하며 우리 반의 남자애들을 넘어서서, 옆 반과 위 학년, 아래 학년, 그리고 동네 사람들, 동네 빵집과 커피숍, 마트의 토마토와 감자 코너 직원들을 홀리고 파괴하는 것을 나는 지겹도록 자세하게 목격했다. 그녀는 타고난 마녀였다. 그녀는 신에게 선물 받은 매력과, 공격성, 그리고 반지성과 몰도덕을 결합하여 언제 어디에서든 원하는 대로 원 없이 투명한 학살을 진행했다. (유일하게 그녀를 경계했던 한 늙은 선생은 내가 한국으로 떠나기 직전 그녀를 성추행한 죄목으로 학교에서 쫓겨났다.) 아무도 그녀를 건드리지 못했다. 아무도 그녀에게 도전하지 못했다. 여자애들은 침묵했고 남자애들은 끝없이 경배할 뿐이었다. 그녀는 우리 학교의 실질적 지배자, 잔인한 가을의 여왕이었다. 이후 사춘기에 들어선 그녀가 얼마나 더욱 화려한 전쟁을 벌이고 또 이기고, 또, 계속해서 이겼을지, 그것을 목격하지 못한 것은 조금 아쉽다. (물론 페이스북이라는 변태 발명품이 어설픈 관람을 가능케 해주었지만.) 어쨌든.

나 또한 나만의 삶을 살아야 했다. 나만의 전투에서 승리해야 했다. 계속해서.

그리고 나는 이겼다. 끊임없이. (혹시 보고 있니, 크리스티나?)

이겼다. 계속해서 끊임없이. 계속된 나의 승리에 마녀 크리스티나가 큰 역할을 했음을 인정한다. 그녀가 나에게 가르쳐준 단순한 진리. 세상은 잡아먹는 인간들과 잡아먹히는 인간들 두 종류로 구성되어 있다는 것. 그 진리를 충실히 따르는 것을 통하여 나는 학살의 현장들에서 매번 살아남았다. 그 단순한 진리를 그녀는 어깨를 덮은 보티첼리의 금발과 얼굴을 가득 채운 다빈치의 수학적인 미소를 통해 끊임없이 설파했고, 어리고 똑똑했던 나는 그 명제를 온전히 집어삼켰다.
그렇게 나는 강해졌다.

오늘 나는 혼자고 약간 쓸쓸하지만 괜찮다. 나의 힘이 조금도 손상되지 않은 것을. 내일과 모레는 아무 문제 없을 것임을 아니까.

박세영의 형상을 한 악마의 기묘한 환상은 하루치 악몽에 불과하다는 것을.

안다. 성연우는 절대 나를 괴롭히지 못한다는 것을.

나는 앞으로 아주 잘 살아갈 것이라는 것을.

내 인생은 앞으로도 잘 흘러갈 것이라는 것을.

아무런 문제가 없다는 것을.

하여, 세간의 소문과 달리 인생에 교훈 따위 없다는 것. 인생은 교훈으로 이루어져 있지 않다는 것을 안다.

그렇다면 무엇으로 이루어져 있는가?

0. 제로.

없다.

아무것도 없다.

지금 내가 응시하는 이 텅 빈 허공처럼 완벽하게 깨끗하게 텅 비어 있다.

텅 빈 세계, 맹독성의 구원자

김사과 × 황예인 대화

황예인
2011년 《문학동네》에 평론을 발표하며 등단.
출판사 스위밍꿀을 운영 중이다.

황예인 안녕하세요. 한동안 뉴욕 맨해튼에 거주하셨던 걸로 알고 있습니다. 요즘은 어디서 어떻게 지내고 계신가요?

김사과 뉴욕에는 2년 반 정도 있었어요. 한국에는 작년 11월에 들어왔고요. 요즘은 프랑스어를 배우고 있습니다.

황예인 프랑스에 갈 계획이 있으세요, 아니면 취미로 배우시는 건가요?

김사과   네, 취미로요. 이제 네 달째인데 복합과거에 대해 배우는 중이에요.

황예인   지난해 말 장편소설 『미나』가 영어로 번역되었죠. 미국 7개 도시 내 서점에서 낭독회가 열렸는데 독자들의 반응은 체감하시나요?

김사과   말씀하신 대로 작년 말에는 『미나』가 영역되면서 열흘 동안 미국의 여러 도시들을 돌아다니며 북 투어를 했어요. 그동안 가보지 못한 곳들도 많았고, 힘들었지만 재미있었어요. 제가 원래 여행을 할 때 여러 장소를 빠르게 옮겨 다니지 못하는 편이거든요. 북 투어 동안에는 대개 서점에서 낭독회를 했는데 제가 잘 알려진 사람이 아니다 보니 낭독회에 온 독자는 한두 명뿐이에요. 대담 파트너가 있을 땐 그분들도 신인 작가인 경우가 많았는데 서로의 책을 읽고 이야기를 나누는 게 좋았고요. 한국에서는 독자와의 만남을 한 번밖에 안 해봤지만 많은 사람들이 오고, 저는 그 자리에서 말하다가 돌아오는 느낌이라면 미국에서는 좀 달랐어요. 앤 패칫Ann Patchett이라는 미국 작가가 말하길 북 투어는 일종의 방문판매와 비슷해요. 방방곡곡 전국의 서점을 돌면서 모르는 사람들에게 자신의 상품-책을 홍보하는 거죠. 가장 아날로그한 세일즈 방식인 거예요. 신인 작가의 경우에는 서점이 위치한 지역 내 커뮤니티 안에서 다양한 사람들과 대화를 나누며 자신이 어떤 글을 쓰는 사람인지 알리기도 하고요. 이런 과정 자체가 재미있는 경험이었어요.

황예인 소속이나 국적에 대한 인식이 늘 궁금했습니다. 소설도 그렇지만, 특히 칼럼을 읽으면 한국 사회의 내부에서는 알기 힘든 점들을 마치 외부자의 시선으로 바라보듯 잘 포착해서 이야기하고 있다고 생각되거든요.

김사과 어렸을 땐 소속이나 국적에 신경을 썼어요. 고등학교를 자퇴하고 예술학교에 진학한 경험이 있다 보니 보통 사람들과 다르다는 걸 더 많이 의식했거든요. 한국 사회에 대해 마음이 안 드는 점이 있으면 그것과 가능한 떨어져 있어야겠다고 생각했고요. 그런데 요즘엔 조금 더 자연스러워진 듯해요. 한국적인 것을 생각하고 추구한다고, 혹은 그로부터 더 멀어진다고 해서 한국적이거나 외국적이 되는 건 아니잖아요. 요즘은 모든 장르의 관객층이 한국에만 국한되지 않으니까 많은 창작자들이 오히려 자신의 국적을 강하게 의식하게 되는 것도 같거든요. 하지만 완전히 뇌를 갈아치우지 않는 이상 한국적인 것들이 묻어날 수밖에 없잖아요. 굳이 어떤 식으로 행동하지 않아도 자연스럽게 드러나는 거죠. 한국에서 평범하게 사는 사람들도 한국 사회를 이질적으로 생각하는 경우가 있고, 외국에서 오래 산 사람들도 살아갈수록 본인이 한국적이라고 느끼는 경우가 있잖아요. 그래서 저도 소속이나 국적을 특별히 의식하지 않으려고 합니다.

'나'의 세계 인식과 유혹 전략

황예인   이제 소설에 대한 이야기를 해볼까요. 첫 장면에서 '나'는 4년 남짓 사귀었던 성연우와 이별 중입니다. 그간의 괴로움을 토로하는 연인 앞에 무감하게 앉은 채로, 다른 손님들의 시선을 끊임없이 의식하고 있어요. 이는 얼핏 자기 객관적인 태도와 닮아 보이기도 하는데요.

김사과 자기 객관적인 태도는 아닌 것이 남들의 눈에는 단순히 싸우고 이별하는 상황인데, 주인공은 손님이 관객이고 어떤 남자가 자기를 보고 있으며 본인이 그 남자를 그렇게 행동하도록 만들었다는 망상에 가까운 생각을 해요. 처음에는 이별하는 상황에서 남자가 징징거리는 모습으로 보이지만, 장면이 진행될수록 어딘가 확실히 이상하다는 생각이 들 거예요. 주인공이 일상 속에서 사람들과 함께 있을 때 세상을 어떤 식으로 바라보는지, 그 방식이 얼마나 희한한지에 대해 첫 장면에서 보여주고 싶었어요.

황예인 '나'는 분명 망상에 가까운 생각들을 펼쳐 보여주는데, 이에 어떤 타당함이 있지는 않을까 하는 의문이 들더라고요. 옹호하고 싶은 마음 때문이었을까요. 이 인물을 보며 정도의 차이가 있겠지만, 자신과 닮았다고 여기는 독자들도 있을 것 같습니다. 저를 포함해서요.

김사과 누가 봐도 주인공은 악에 가깝지만 마치 솔직하게 고백하는 것처럼 굴기 때문에 그렇게 느낄 수도 있는 듯해요. 자기는 굉장히 소박하고 평범한 사람이라고 계속해서 얘기하는데, 독자로 하여금 자신과 비슷하다고 느끼게 하는 것 자체가 이 사람의 전략인 거예요. 사실은 나도 너와 비슷하고, 너도 나와 비슷하고, 그러니까 나도 나쁜 사람이 아니고, 괜찮은 사람이고, 잘 살아가는 사람이라고 일종의 유혹을 하는 거죠. 주인공의 고백 톤 자체가 '너도 사실은 그렇게 느끼잖아'라고 하는 의미에 가까워요.

황예인 네, 더불어 모든 문제가 다른 사람의 탓이고 자신은 무고하다고 합리화할 때 마치 독자에게 동의를 구하는 것처럼 보였어요.

김사과 실제로 독자에게 자기는 아무 잘못이 없다고 계속 세뇌시키는 거죠. 제가 염두에 두었던 문체 가운데 하나가 나보코프의 『롤리타』인데, 주인공이 사실은 미성년자를 성적으로 착취하고 살인도 저지르는 사람이거든요. 그런데 시종일관 맛깔나는 말투로 친근하게 재미있는 이야기를 들려주는 아저씨인 것처럼 굴죠. 그 톤이 지닌 느낌을 많이 생각했어요.

더 나쁜 쪽으로 진화한 김사과의 인물들

황예인 작가가 기괴한 인물을 공들여 만들었다는 걸 알면서도 매력을 느끼게 되더라고요. 그래서 더 당황스러웠고요. 최근 칼럼에서 '시선을 갈구하는 뱀파이어' '자신에게 도취되어 타인에게 눈을 돌리지 않는 몸' 등을 이야기했는데, '나'는 이런 인물형과 연결되어 있으면서도 더 나쁜 쪽으로 진화한 것처럼 느껴집니다.

김사과 이번 주인공은 레시피대로 음식 만들듯

만들었어요. 전형적인 소시오패스나 사이코패스 타입의 인물인데, 이런 유형의 특징이 남을 어떻게든 착취하려는 뱀파이어적인 경향이 있고 동시에 나르시시즘적이면서 병적으로 자기중심적이에요. 본인이 신적 존재라는 망상도 하고요. 최근에 소시오패스나 사이코패스와 관련된 책들을 많이 읽으면서 그런 인물을 만들어본 건데, 이 인물에는 뭘 넣고, 뭐가 들어가고 그런 식으로 계산하면서 만들었기 때문에 쓰고 나서는 괴상하다는 느낌보단 결과물이 생각보다 잘 나온 듯해서 뿌듯했습니다.

황예인 김사과의 소설을 읽을 때 가장 큰 쾌감은 이상한 인물을 생생하게 체험하는 데서 옵니다. 잘 가공된 인물을 만날 때 받는 감동도 물론 있지만, 소설 밖으로 나오면 그 힘을 잃어버리더라고요. 동시대를 살아가고 있기 때문인지 김사과가 만든 이런 괴물들로부터 저 자신이 잘 분리되지 않고 그래서 자꾸 곱씹게 되는 것 같습니다.

다음으로 성연우에 대해 이야기해볼까요. 저는

이 인물이 어쩐지 김사과의 소설 세계에 잘 어울리지 않는다고 생각했어요. 아마 착취의 시간이었을 '나'와의 연애에도 몰락하지 않았고, 연기하는 인간이라는 걸 간파해내고 타격을 주잖아요. 이민희나 박세영은 어떤 인간으로 보이고 싶다는 욕망이 있기에 '나'가 자극하고 공략할 수 있는데, 성연우에게는 이런 욕망이 보이지 않는 것 같았습니다.

김사과   원고를 쓰는 중에 바뀐 건데, 주인공에게는 희생자가 있어야 하잖아요. 엄마나 박세영도 그렇고, 주변에 있던 사람들도 다 희생자고요. 성연우도 처음에는 순전한 희생자로 세팅이 됐던 인물이었어요. 그런데 원고를 읽은 지인이 성연우가 그렇게 당할 타입이 아닌 것 같다는 거예요. 그런데 이런 얘길 다 하면 읽는 사람에게 스포일러가…….

황예인   더 궁금해지고 듣고 싶어지는데요.

김사과   성연우와의 마지막 대화(157쪽)를 보면 괄호 안에 들어가는 말들이 있어요. 성연우가 한 말인지, 아니면 단지 환청일 뿐인지 모호하지요. 그게 성연우가 실제로 발화한 말이라면, 성연우는 처음부터 주인공이 이상한 사람이라는 걸 간파했거나 자신도 똑같이 이상한 사람이니까 쇼윈도 커플 행세를 했을 수도 있겠죠. 또 성연우 생각에 주인공 같은 타입은 아마도 스스로를 천재라고 여길 텐데, 그런 것까지 모두 알고서 마치 착한 사람인 듯 옆에서 받아주면서 재밌어했을 가능성도 있고요. 게다가 박세영도 가지고 놀면서 중간에 이용해먹었을지도 모르죠. 현실에서 사이코패스와 희생자의 역학 관계를 살펴보면 상당히 복잡한 관계로 이루어져 있는데, 그런 복잡한 관계의 뉘앙스를 담아보았어요.

황예인 말씀하신 대로, '나'와 성연우의 통화 장면의 의미는 여러 가지 가능성을 두고 짐작해볼 수 있겠어요.

김사과 그 부분이 독자의 입장에서는 어떻게 읽힐지 걱정스럽긴 해요.

황예인 처음에는 같은 장면이 반복되는 줄 모르고 읽었어요. 다시 볼 때는, '나'가 머릿속에서 말들을 계속 흘려보내면서 본인이 꽂히는 부분에 한해서 스스로와 나누는 대화처럼 들렸습니다. '나'에게는 어린 시절 크리스티나에게 호되게 당했던 알리스의 자아가 있잖아요. 그 경험 때문에 늘 누군가를 사냥하고, 누군가에게 사냥당한다는 생각 속에 살아가게 되는데 그저 밥인 줄 알았던 성연우가 자신을 간파했다는 뉘앙스의 말을 하니까 어린 시절의 알리스로 돌아가 '네가 지금 성연우 얘를 이기고 있는 것 같아? 네가 얘한테 이용당한 거야'라고 말하고 있는 것처럼 느껴졌어요.

김사과 그렇게 읽어도 좋은 것 같아요.(웃음)

황예인 괄호 안의 말을 누구의 말로 읽어야 할까 생각하며 여러 번 읽게 되더라고요. 그런데 사실은 그 바깥에 더 큰 괄호가 있는 셈이잖아요.

김사과 주인공으로서는 무척 당황스러운 게 알리스 시절의 얘기를 성연우가 알 리가 없는데, 만약 성연우가 진짜 알고 있다면 그가 스토커인 셈이고, 주인공 스스로가 만들어낸 환청이라고 하면 자기가 미친 사람이 되어버려요. 어느 쪽으로도 패닉인 상황인 거죠.

한편으로는 소시오패스나 사이코패스들은 미디어에서 항상 매력적인 인물로 나오잖아요. 사회적으로는 성공했지만 사악한 모습으로요. 그런데 알고 보면 능력이 뛰어난 사람들은 사실 소수고, 대다수는 일상적인 공간에서 좋은 이웃의 모습으로 있다고 해요. 능력이 뛰어나지도 않고, 소소하게 나쁜 짓들을 하면서 자기보다 더 센 사람에게는 당하고 있는 거죠. 주인공도 크리스티나처럼 더 나쁜 사람에게 당면서도 원한을 갖지는 않잖아요. 더 나쁜 사람이 되어서 복수하고 승리해야겠다는 마음도 없고요. 의외로 굉장히 순응적이거든요. 약간 바보 같기도 하고.

황예인 그렇군요. 원한 감정을 품지 않는다는 점

때문일까, '나'가 순수하다는 생각이 들기도 했습니다.

김사과 사실은 순수한 게 아니라 패배를 통해 학습하지 않고 현실을 회피해버리는 거예요. '나는 잘 지내고 있다'라는 일종의 정신 승리가 강하게 작용하는 거죠.

식인食人의 세계관과 밀레니얼 세대

황예인 이제 박세영으로 넘어가볼까요. 성연우가 '나'에게 왜 그렇게 박세영을 증오하는지 묻잖아요. 그게 굉장히 타당한 질문으로 느껴졌거든요. 단순히 무력한 사냥감이어서, 동물적인 감각으로 박세영을 괴롭히는 게 좋아서일 수도 있겠지만 다른 이유가 있을까요?

김사과 그러게요. 답이 뭘까요? 보통 사람이라면 궁금해할 법한 질문인데, 명확한 답은 없는 것 같거든요. 본인은 박세영을 증오하는 이유를 알까요? 어쩌면 박세영이 제 발로 와서 벌을 받는 거라고 생각할 수도 있겠죠.

황예인 네, 그런 느낌도 있어요. '나'는 박세영이 허영심 때문에 자신에게 걸려들었다고 보죠. 물론 어디까지나 '나'의 논리일 뿐이지만요.

김사과 박세영은 사실 별생각 없었을 수도 있어요. 단순히 자기한테 관심을 보이니까 다가간 것뿐일지도 모르는데 주인공은 박세영이 자신을 가지고 놀았다며 화를 내죠. 사실 주인공은 본인이 만든 이상한 게임을 박세영과 하고 있다고 생각하고, 그 게임에서 박세영이 비굴하게 굴거나 자신에게 굴욕을 당하는 모습을 보이길 바랐는데 첫 만남에서 뜻대로 잘 안 됐잖아요. 박세영은 그저 자연스럽게 행동했을 뿐인데, 주인공이 보기에 마치 박세영이 자신을 이긴 것처럼 보이니까 화가 치밀었던 거죠. 그런데 박세영이 다시 또 연락을 해오고, 그런 일련의 과정들이 주인공으로 하여금 박세영을 더 곯리게 만드는 계기가 된 것 같아요.

황예인 가지고 놀려고 하지만 뜻대로 되지 않는 것에서 오는…….

김사과 그런 부분에 대해서 앙심을 크게 품고 있을 수도 있고요.

황예인 박세영은 다른 밀레니얼 세대와는 달리 미래에 대한 희망을 버리지 않은 인물로 나옵니다. 그래서 '나'는 더욱 매력을 느끼면서 사냥감으로 삼게 되는데, 지나치게 넘어선 해석인지도 모르겠지만 박세영에게 뭔가를 가르쳐주고 싶은 건 아닐까 생각했어요. 작품 경향과 어울리지 않는 공모전에 지원하게 하고, 다른 문학 세계로 인도하면서 결국 몰락시키는 행위를 통해 '사실 네가 생각하는 미래란 없다'는 걸 깨닫게 하려는 건 아닐까? 하고요.

그리고 2부에서는 헛것으로 등장해 '나'를 두렵게 만드는데 그 장면이 저에게는 인상적이었습니다. 완벽히 사냥당했다고 생각했는데 왜 헛것으로 등장했을까, 하고요. 제게는 이 인물이 단순하지 않게 느껴졌습니다.

김사과 주인공 같은 유형의 사람들이 의외로 굉장히 미신적이에요. 누군가를 겨냥하고, 또 잡아먹는다고 하는 게 모두 일종의 상징이잖아요. 미신적이고 비유적이죠. 사실은 귀신이 아니라 꿈이었을 수도 있지만, 주인공이 진지하게 악마라고 생각하는 것도 일종의 아이러니예요. 본인이 악당이면서, 자기가 괴롭힌 사람을 두고 '악마'라고 말하는 게 언뜻 보면 굉장히 황당하지만 이 사람의 세계관이라면 그것도 가능한 거죠. 악마나 유령 같은 걸 믿고, 또 집착하고, 다른 존재를 그렇게 생각하고, 그 악마나 유령과 대화하려 하고, 그런 것들도 마찬가지고요.

황예인 그렇다면 박세영에게 '나'는 어떻게 파악되고 있을까요? 엄마나 성연우에게는 '나'의 거짓말을 드러낼 발화의 기회를 주는데 박세영에겐 없어서 상상해보게 되더라고요.

김사과 사실 박세영이라는 인물에 아무런 애정이 없는 것에 가까웠던 것 같아요.

황예인 철저히 무력한 피식자의 역할을 맡았군요.

김사과 제가 봤을 땐 이 나이 또래의 밀레니얼들이 사회적으로 굉장히 무력한 것 같아요. 마지막까지 박세영이 주인공에 대해 말하지 않는 건 딱히 의도한 바는 아니었지만, 어쩌면 정말로 깨닫지 못했을 수도 있다고 생각해요. 일단 박세영은 혼자잖아요. 나이도 가장 어리고, 사회 경험도 없어요. 심지어 성연우한테도 사냥당했을 가능성도 있고요. 모든 면에서 제일 열악한 위치와 최악의 상황에 놓여 있는 거죠. 성연우는 왜 자꾸 그런 애를 괴롭히냐고 묻지요. 하지만 그럴 수밖에 없는 이유가, 이런 잡아먹고 잡아먹히는 세계관 안에서는 너무나도 가차 없이 당할 수밖에 없는 위치이기 때문이에요. 주변의 어느 누구도 도와주려 할 것 같지도 않고요. 이런 상황에서 박세영 같은 인물에게는 희망이 있을 수가 없기 때문에 희망적인 시선 같은 건 들어가지 않았죠.

황예인 그렇군요, 잠시 다른 이야길 해볼까요. 독립문학잡지의 편집위원들이나 '웨스트빌리지'의 패트릭을 관찰하는 장면도 무척 재미있었습니다. 비판적인 어조로 그려나가는 듯하다가 '하, 운 좋은 새끼'(108쪽)라고 내뱉는 장면이나 '포스트PC-태블릿PC'(114쪽) 같은 장면이 너무 웃겼어요. 본인을 유머러스한 사람이라고 생각하는지 궁금하네요.

김사과 항상 저는 제 글이 웃기다고 생각하는데⋯⋯. (웃음)

유일한, 그러나 신뢰할 수 없는 화자

황예인 저도 그렇게 생각합니다.(웃음) 다시 돌아와서, 이야기의 흐름상 논리적으로는 자연스럽지만 어쩐지 어색하게 느껴지는 부분이 있었습니다. 1부에서 명훈이 자살했다는 소식을 듣고

'나'는 그의 아버지를 만난 후 인간은 식인食人하는 존재라 결론짓고 이제 누구를 먹어야 할까 생각하죠. 바로 그다음 장면에 포식 대상으로 박세영을 등장시키고요. 그런데 명훈의 아버지를 통해 도출되는 의문들, "그는 왜 아들처럼 자살하지 않았을까?" "하나의 인간이 견딜 수 있는 고통의 한계는 어디까지일까? 그것을 정확히 측정할 수는 없을까? 그러기 위해서는 어떤 실험이 필요할까?"(45쪽)와 같은 질문들이 지나치게 엄숙하달까요, 또한 아들을 잃은 아버지를 만나고 돌아와서 할 법한 생각은 아니기에 그 진의를 의심하게 되더라고요.

김사과 어릴 시절과 관련된 장면들은 실제 경험의 유무를 떠나서 자신을 기분 좋게 만들어주는 이야기들을 마구 늘어놓는 거예요. 그래서 굉장히 신난 상태에서 말을 하죠.

황예인 그렇군요. 그런 장면들에서 '나'의 기분이 고조되어 있다는 걸 느낄 수 있었습니다.

김사과 수습이 잘 되었는지는 모르겠지만, 저는 주인공이 아무 말이나 하도록 내버려뒀어요. 주인공이 이야기 속에서 명훈을 묘사하는 방식을 보면 실제로 존재하는 사람을 상상 속에서 바닥까지 끌어내리는 등, 마치 사람을 인형 가지고 놀듯 행동하죠. 이런 장면들을 통해 주인공이 주변 사람들에 대해 신이 나서 자기 멋대로 생각을 풀어놓는 방식을 보여주고 싶었어요.

황예인 인물을 관찰 대상으로 그릴 때에는 설명을 덧붙일 수 있잖아요. 인물에게 망상 속에서 신나게 달려나가는 대사를 부여한 후 서술자의 논평을 덧붙여 이를 제어하는 것이 가능해요. 그런데 이 소설은 '나'의 생생한 대사와 독자를 향한 질문을 통해 이야기를 이끌어가고 있어서, 모두 이상한 거짓말 같다고 느끼면서도 계속해서 말이 되게끔 짜 맞추는 과정 속에서 읽게 되더라고요. 헷갈리는 와중에 계속 '나'의 의도를 해석하게 되는데, 저뿐만 아니라 대부분의 독자가 비슷한 체험을 할 것 같습니다.

김사과   일인칭소설이라서 그런 것 같아요. 저는 항상 일인칭소설의 화법에 흥미를 느꼈는데, 특히 헨리 제임스의 「나사의 회전」을 인상 깊게 읽었어요. 가정교사로 고용된 주인공이 어린 고아 남매를 돌보러 시골 마을로 가는데, 예쁜 아이들과 아름다운 풍경 속에서 평화로운 나날을 보내요. 그런데 갑자기 아이들 앞에 유령이 나타나기 시작해요. 주인공은 아이들을 위험한 유령들로부터 구하기 위해서 동분서주하지만 그 누구도 주인공을 도와주지 않지요. 그런데 점차 주인공이 폭주를 하고, 종국에는 거의 아이를 죽이는 지경에까지 이르면서 결말이 상당히 모호하게 처리되고 있어요. 아이들을 지켜야 한다는 각오로 불타오르는 정의로운 여자처럼 보이지만 거리를 두고서 바라보면 솔직히 너무 이상한 거예요. 하지만 화자 자신의 고백이기 때문에 정말 이 사람이 미쳤는지에 대해서는 아무런 단서가 없어요. 독자는 주인공의 서술을 통해 해석해야 하는데 그가 미쳐 있기 때문에 읽으면 읽을수록 단서가 잡히기는커녕 이야기에 낚여들게 되는 거죠. 흥미로운 글쓰기 방식이라 생각합니다.

황예인 신뢰할 수 없는 화자이지만 신뢰하며 나아가야 하는 데서 오는 한계와 효과가 있는 거겠죠. 게다가 '나'는 사이코패스 혹은 소시오패스로 그려지기에 혹시 나도 읽는 사이 사냥당한 것은 아닐까 하는 생각이 듭니다.

김사과 그런 유형에 속하는 사람들의 전형적인 방식이기도 해요. 항상 도와준다고 먼저 손을 내밀어 자기한테 의존하게 만든 다음에 고립시키고, 가스라이팅을 하는 게 전형적인 수법이에요. 만약 이 글이 정말로 주인공 같은 사람이 쓴 고백문이라면 이 자체가 새로운 희생자를 찾는 덫일 수 있어요. 자신의 이야기를 읽고 호기심을 느껴 다가오는 사람들을 상상하는 거죠. 처음부터 끝까지, 거의 모든 상황에서 단 한 번도 그런 식의 전략적 사고를 놓지 않는 사람인 거예요.

황예인 시종일관 '나'의 거짓말이 이어지지만, 그럼에도 마지막에 이르면 성연우에 의해 간파되고 붕괴되면서 진실에 가까운 이야기를 하는 것처럼 들렸습니다. 바로 아홉 살에 크리스티나의 '투명한 학살'을 목격했던 경험담을 들려주는 장면인데요, '나'는 이를 통해 식인하는 세계관을 가지게 되잖아요. 그런데 이게 아홉 살의 깨달음처럼 보이지는 않더라고요. 그래도 이전의 이야기들보다는 믿을 만하다고 여겨졌습니다. 그 이야기들은 '나'가 사람들의 SNS를 찾아보고 그들의 근황을 알아낸 다음 거짓말의 재료로 삼고 있다는 느낌을 줬거든요.

김사과 제가 봤을 때 이 소설에서 주인공이 가장 솔직한 장면은 에미넴 노래를 인용하면서 다 죽으라고 하는 부분밖에 없어요. 그 장면에서 가사를 적다가 내용을 바꾸잖아요. 엄마가 아빠는 미친 사람이라고 말했지만, 사실은 엄마가 미친 사람이었다는 게 원래 가사예요. 그런데 주인공은 그게 아니라고, 사실은 엄마 아빠가 모두 미친 사람이라고 바꾸죠. 그게 어쩌면 세상에 대한 본인의 생각일 수도 있어요. 하나는 좋은 사람이고 다른 하나는 나쁜 사람인 줄 알았는데, 사실은 모두가 나쁜 사람인 상황. 사실은 모두 나빴고 다 죽어버렸으면 좋겠다는 마음이 이 사람의 진심인 거죠. 계속해서 화려한 말들로 자기 고백을 꾸며내는 인물이 바로 주인공인데요, 그런 그에게도 진심이라는 게 있다면 그걸 소설 안에 넣긴 해야 한다고 생각했거든요. 사실 주인공은 너무나 기괴할 정도로 살의와 적의밖에 없는 사람인데 마지막조차도 크리스티나에게 뭔가를 배웠다며 본인을 치장하고 있어요. 하지만 다 거짓말인 거예요. 에미넴 노래 장면에서 잠깐 그런 거짓에서 벗어나 진심을 보였던 거고요.

황예인 그 장면이 하나의 강력한 절규처럼 느껴져서 마지막 부분의 이야기가 더 진실되게 들렸습니다. 바닥까지 내려간 '나'가 정화된 후 다시 논리정연하게 말을 이어나가죠. 물론 그 말들 뒤에 바로 '거짓말이다'라고 덧붙이며 독자를 농락하고 있는 듯한 느낌을 주지만요. 그런데 이 장면에서 크리스티나에게 당했던 피해자가 '나'였음이 드러나잖아요. 실은 그 아이를 구원한 게 아니라 똑같은 처지였다고 말을 뒤집으니 진실된 고백처럼 보였습니다.

김사과 연속해서 정신적으로 타격을 받는 일들이 거의 하루 안에 벌어지잖아요. 정말 바닥까지 떨어져 회복을 못 하겠으니 완전히 가면을 벗고 다 죽으라고 외치면서 읽는 사람들에게 부정적인 기운을 쏟아대는 거예요. 그런 과정을 통해서 정화가 된 거고요. 그렇게 개운해져서는 마지막 장면에서 다시 풀세팅을 하고 세상을 통찰한 사람인 것처럼 차분하게 말도 안 되는 소리를 늘어놔요.

황예인 네, 다시 연기에 돌입하는 느낌이 들어요. 마치 견자見者처럼 세계를 다 꿰뚫어보듯 말하고 있으니까요.

김사과 평정심을 다시 찾은 거예요. 달관한 듯 세상에는 아무것도 없다고 말하면서 이야기를 마무리하는데 어딘가 이상하죠.

김사과가 쓰는 법

황예인 독자로서 '나'에게 너무 큰 영향을 받게 되어 헤어나오지 못하는 지금(웃음), 서둘러 작품 밖으로 나가보겠습니다. 김사과 작가가 소설을 쓸 때 가장 중요하게 생각하는 부분은 무엇인가요?

김사과 세부 사항을 미리 정해놓고 쓰지 않는 편이지만, 구조적인 면은 중요하게 생각해요. 중심 인물과 주변 인물이 있다든가, 혹은 여러 사람이 서로 직접적으로 연결되어 있다든가 하는 식으로 인물들 간의 관계에 대해서 많이 생각합니다. 각 부나 장에 들어가는 요소에 대해서도 그렇고요. 근데 다들 이렇게 쓸 것 같은데요.(웃음)

황예인 김사과 소설을 떠올리면 어쩐지 내키는 대로 무질서하게 쓰여졌다고 생각하게 되지만, 실은 그렇지 않습니다. 이 소설 역시 원맨쇼를 보고 있는 것처럼 잘 읽히면서도, 꼼꼼히 살펴보면

한 장면 한 장면이 짜임새 있게 흘러가고 있어요. 첫 장면에서 성연우와 이별하면서 대화를 나누고, 2부에서는 성연우와의 전화 통화를 하면서 진짜 이별을 해요. 두 상황에서 '나'의 태도가 달라지는데, 이런 배치가 정교하다고 생각했습니다. '나'가 명훈을 구원해주었다는 어린 시절의 이야기도 마지막에 이르러서는 뒤집히고요.

김사과 그렇게 쭉 한 호흡으로 읽히려면 오히려 신경을 많이 써야 하는 게, 쓰는 입장에서는 책을 앉은자리에서 단번에 쓰는 게 아니다 보니까 맥이 끊기잖아요. 그런 부분들이 자연스럽게 이어지도록 퇴고를 많이 해요.

황예인 한 인터뷰에서 "언제나 쓰고 싶은 대로 초고를 쓰고, 많이 읽히고 싶다는 마음으로 그 글을 고칩니다"라고 말한 적이 있죠. 이 소설의 초고와 수정고, 지금의 원고에 차이가 있다면요?

김사과 이야기 면에서 달라진 건 크게 없지만 성연우와 싸우는 빈도를 조절하기는 했어요. 초고는 주인공이 성연우 집에 찾아갔을 때 한 번 싸우고, 후에 전화로 더 심하게 싸우는 장면을 넣었는데 중복되어 지루한 것 같아서 조절했어요.

황예인 퇴고할 때는 이야기의 흐름이나 정합성 같은 것 외에도 독자를 고려하게 될 텐데요. 독자가 이 부분을 이해할 수 있을까, 혹은 이런 장면에서는 어떤 생각을 할까 하면서요.

김사과 저는 사실 꽤장히 교훈적인 글을 쓴다고 생각했어요. 이런 사람을 만나면 안 된다는 메시지를 주는……. (웃음)

황예인 아, 그런가요? 저는 '나'에게 속고 빠져든 독자예요. 저만 이렇게 읽은 걸까요? 주인공에게서 헤어나올 수가 없네요.(웃음)

김사과 예전의 제 소설들은 좀 더 과장되어 있고 어딘가 관념적이었는데, 이번 소설은 좀 더 사실적인 분위기라서 오히려 읽는 사람들에게 더욱 실감 있게 느껴질 수 있겠다 싶어요.

황예인 네, 특히 스타벅스나 서촌의 카페처럼 인물들이 만나는 장소에서 그런 점들을 느낄 수 있었습니다. 묘사되는 풍경뿐만 아니라 주변의 소음, 분위기들도 포함해서요.

김사과 정말로 있을 법한 느낌을 주기 위해서 최대한 현실적으로 그렸어요.

황예인 어쩐지 김사과 작가에게 묻기에는 어울리지 않는 질문 같지만, 작가가 생각하는 이상적인 인간형을 물어보고 싶어졌습니다.

김사과 자유롭고 독립적인 인간형이 이상적이라고 생각해요. 이 소설의 주인공은 굉장히 의존적이잖아요. 타인으로 하여금 자신에게 의존하게 만들지만 실상은 본인이 그들에게 에너지를 받아야 하는, 흡혈하는 타입인 거죠. 결국 주인공은 기생적인 세계관 속에서 살면서 해악을 많이 끼치는 인간형이에요. 제가 생각하는 이상적인 인간형과 정반대죠.

황예인 소설에서도 그런 인간형을 그려보고 싶진 않나요?

김사과 너무 이상적인 데다 실제로도 불가능할 것이기 때문에 소설로 옮겨오는 건 쉽지 않은 작업일 것 같아요. 그렇다고 해도 현실에서 사람들이 그런 태도를 추구하는 게 중요할 것 같고요. 서로 의존하면서 공급원을 찾는 것보다는요.

황예인 공급원이라는 표현이 인상적입니다. 소설 속에서 '나'는 잡아먹는 것과 잡아먹히는 것만으로 세계를 파악하고 있는데요. 이런 식인하는 세계관 외에 다른 세계관이 현실에서 존재할 수 있을까요?

김사과 아니요, 오히려 식인하는 세계관이 더 심화될 것 같아요.

황예인 누군가를 먼저 잡아먹지 않으면 잡아먹히고 마는 세계관 속에서 '누굴 잡아먹을까'라는 고민은 타당해 보입니다. 하지만 이런 생각이 더 자연스럽지 않나요, '잡아먹히지 않으려면 어디로 도망을 다녀야 할까?'

김사과 사실 그게 맞아요. 이 소설에서 주인공의 충고대로 행동하면 망하는 거예요. 누가 잡아먹으려고 하면 도망을 가야지, 다른 누군가를 잡아먹으려고 하는 건 말이 안 되죠.

포식의 구조, 승리자가 될 수 있다는 환상

황예인 그렇지만 저는 '나'의 충고에 잠깐이나마 설득당한 것 같아요. 나는 누굴 먹어야 하는가, 하고 자문해보기도 했거든요.(웃음) 이처럼 노골적인 단어로 표현되지는 않지만 이즈음 최고의 포식자가 될 수 있다는 믿음이 여러 방면으로 강화되고 있다고 생각해요. 인기 있는 유튜버나 인플루언서가 들려주는 유용한 조언들이 삶의 영역을 건

강하고 짜임새 있게 만들어주는 것 같지만 실은 이를 받아들이는 이들의 사회적 위치나 삶의 지향 등을 고려해보면 그렇게 단순하게 작용하지는 않는 것 같습니다.

김사과 굉장히 속물적인 충고이기도 해요. 더 깊이 생각하면 굉장히 위험한 충고이기도 하고요. 현실에서는 이런 식인적 행위가 상호적으로 일어나는 것이 아니라 다단계에 가깝다고 생각하거든요. 맨 위에서 그 아래 단계를 먹고, 먹힌 사람은 또 아래를 먹는 식으로요. 위에서 착취를 당하고 그 아래 착취당한 대상은 다시 아래 단계의 착취할 사냥감을 찾는 그런 경우인데, 이런 피라미드식 구조가 제대로 굴러갈 수가 없잖아요. 주인공은 끊임없이 새로운 사냥감이 필요할 테니까 사람들에게 충고를 빌미로 이런 사이비종교 같은 세계관을 강요하는 거예요. 그런데 요즘 사람들이 이런 단계적인 포식의 구조에서 자신이 승리자가 될 수 있다는 환상에 많이 사로잡혀 있는 것 같아요.

황예인 마지막 질문입니다. 소설의 제목이 '0 영 ZERO 零'이고, "0, 제로, 아무것도 없다"라고 말하는 장면에서 끝이 나는데요. 『0 이하의 날들』이라는 산문집도 쓰셨고요. 김사과 작가에게 0이라는 숫자는 무엇인가요?

김사과 이 소설의 경우 주인공이 추구하는 것이 곧 '0'이에요. 잡아먹는 사람이 있으면 잡아먹히는 사람이 있어야 하는, 즉 플러스 마이너스를 합쳐 제로의 상태를 유지하려고 하거든요. 그래서 제목으로 적절할 것 같았어요. 그리고 0을 반복적으로 쓰는 건…… 저도 왜인지는 모르겠어요.(웃음)

황예인 이 소설을 읽은 독자들의 반응이 무척 궁금합니다. 잡아먹히지 않기 위해 도망가야 한다고 생각하는 독자들도 있겠지만 먼저 잡아먹겠다고 생각하는 독자들도 있겠지요. 김사과의 소설이 말해주는 것처럼 분명 우리는 더 나쁜 쪽을 향해 가고 있으니까요. 저에게는 그런 의미에서 재미있는 소설이었습니다. 함께 이야기 나눠주셔서 감사합니다.

0 영 ZERO 零

초판 1쇄 2019년 11월 28일
개정판 1쇄 2022년 9월 5일

지은이 김사과
펴낸이 박진숙 | **펴낸곳** 작가정신
편집 황민지 | **디자인** 나영선
마케팅 김미숙 | **홍보** 조윤선 | **디지털콘텐츠** 김영란 | **재무** 이수연
인쇄 및 제본 영림인쇄

주소 (10881) 경기도 파주시 회동길 216
대표전화 031-955-6230 | **팩스** 031-955-6294
이메일 editor@jakka.co.kr | **블로그** blog.naver.com/jakkapub
페이스북 facebook.com/jakkajungsin
인스타그램 instagram.com/jakkajungsin
출판 등록 제406-2012-000021호

ISBN 979-11-6026-292-6 03810

이 책의 판권은 저작권자와 작가정신에 있습니다.
이 책 내용의 전부 또는 일부를 재사용하려면 양측의 서면 동의를 받아야 합니다.